続・安藤元雄詩集

Ando Motoo

Shichosha
現代詩文庫
188

Gendaishi Bunko

JN295573

思潮社

現代詩文庫　188　続・安藤元雄・目次

II Ut pictura poesis

連作詩〈めぐりの歌〉全篇

詩集〈わがノルマンディー〉全篇

〈未刊詩篇〉

詩論・エッセイ

作品論・詩人論

装幀・芦澤泰偉

詩篇

詩集〈この街のほろびるとき〉から

夢物語

こわい夢を見た、と妻が私に語った。

大きな和風の家屋の、曲りくねってどこまでも続く廊下のようなところを、妻は歩いていた。見たこともない家だったのに、それがたしかに自分の家、それも自分が幼いころに住んでいた生家で、すみずみまで勝手を知っているという意識が妻にはあった。そう言えば天井は暗く、柱も床も古ぼけて黒ずんでいた。そして自分がその家の奥へ奥へと向かっていることもわかっていた。

こういう夢は誰もが一度は見ているに違いない。私にもおぼえがある。その夢の中では、人はたいていある種の子供っぽい好奇心のとりこになって、ほとんど無目的な探求心理に追い立てられるようにせかせかと歩いている。そのせいか、夢の中の自分はまだ子供だったり、あるいはその夢自体が自分の子供時代の記憶をなぞっていたりするような気分がある。そしてまた、たいていの場合、この型の夢は、そこにたしかに存在する筈の昇るべき階段が見つからないとか、何でもない筈の扉がなぜか開かないといった、突然の戸惑いや苛立ちが発生して、それと同時に醒めてしまうのが普通である。

ところが妻の見た夢はそうではなかった。その家は巨大な平屋づくりのようだったから階段はある筈がなかったし、夢の中での歩みには何の障害もなかったし、廊下に沿って並んでいる襖の一つは妻が手をかけるとごく当然にするすると開いた。ただ、妻が驚いたのは、そうやって目の前に開かれた部屋の畳の上に、見おぼえのまったくない、思いがけない人影が坐っていたからである。

そこはかなり広い和室で、横手の奥に床の間と違棚があり、正面には障子が並んでいる。障子の向うは縁側なのか戸外なのか、とにかく一面に明るかったから、その人物は逆光の中で影にしか見えなかった。室内はがらんとして、幾日も掃除をせずに閉め切ってあった埃くささが感じられ、畳も湿っぽく擦り切れているらしかった。

影は一人の病みほうけた、髪のほつれた女だった。顔立ちも年齢もわからないが、どうやら乳呑児を背中にくくりつけている。妻が彼女を見つけて思わず立ちすくんだとき、女は坐ったまま、すがるように妻に両手を合わせた。

お願い、助けて下さい。ずっとここにいるのに、食べるものが何もないんです。

妻は自分の家にどうしてそんな女がいるのか、そしてその女がなぜまたこの部屋に放置されているのか見当がつかず、ましてそのように哀れっぽく頼まれても自分に何ができるのかわからなかった。ただ、女のかすかな必死の声だけはありありと耳に聞え、その瞬間、この女こそ自分の母親で、背中の乳呑児は自分自身だと悟って、ぞっと恐怖を感じたという。

どうしようもなくこわかった、と妻は語った。ところで私は、それからどうした、と妻に訊ねることができなかった。そこまで聞いたとき、私もまたなぜか底知れぬ恐怖に襲われて目を醒ましたからである。

枯野行

霜に白い
野の上を
滑って行く一つの目が
その目の届く果てのあたり
一本の紐のように直立する
煙を見ている
煙は墨色に雲を汚す

この先まだどれほどの
不和と不幸に耐えることか

物問わない景色の中を
物問いたげに浮かんだまま
目は滑る
遠ざかるものは暗く
張りつめたものは冷たく
雪は一向に降りそうもない

汝らのうち最も心貧しき者
とは誰だろう
沈むべき淵はどこだろう
一杯の茶の立てる淡い湯気を
引き裂く指があればいいが

一枚の立札が
地の名を告げる
それを過ぎて次の地名を待つ
滑る姿勢のままじっと佇んでいる

フランドルの雲

この街の冬空にも
フランドルの灰色の雲が
金色に縁どられて
燃え縮まることはあるが

軒の向うで川は埋まり
無表情な女たちは
路面にしか
身を投げることができない

封鎖せよ封鎖せよ
どうせ私たちは出て行かない
指図せよ指図せよ
どうせ私たちは従わない

植木鉢の下に
夥しい虫が這いこむように
なまぬるい窓の中へ
確実に硬貨が落ちて

それでおしまい
引き返すあてもない
火にくべられた紙のように

無表情に燃え縮まるだけだ

途方もないフランドルの雲を思い浮かべながら

夏の花々

やすらかに眠ってくれ　と人は言い
やすらかに眠りたいと私も思う
だが　私たちをここに横たえておいて
君らは明日　どこの四つ辻に店を出すのか

薄赤い毬のように百日紅が咲き
それから夾竹桃が咲き　芙蓉が咲き
むし暑さに押しつぶされた軒の間を人が行き
そのとぼとぼとした歩みの下に私たちが埋まっている

眠るとは
やすらかに世界を棄てること
地球を覆うゆるやかな呼吸のリズムで
何もかもを秩序づけ　そして忘れてしまうこと

そんな器用な芸当をやってのけるには
私たちはあまりにも剝《む》かれていた
淋巴液をしたたらせながら　痛みのあまり
火の中にうずくまることしかできなかった

こうして長い日々が過ぎ　麦は枯れ
見開いた眼球に人波が寄せ
落ちた橋がふたたび架かり　鉄材が組まれ
君らの呼び売りの声だけが今日も聞える……

そう　やすらかに眠りたいと私も思う

海辺の時

海辺に棲んで

海を見ず
海を嗅がず
海の呟きも聞かずに
ただ砂埃にまみれたまま
もうずいぶん長い月日をおれは過した
そのあたりに海がいまもあるのか
ないのかさえ心もとなくなった
ゆるやかなうねりにゆるやかに
もてあそばれる小さな手漕ぎ舟の上で
まぶしげに目を細めて笑っていた顔
あれが果しておれのものだったかどうか
それもあやしい
手を伸ばせば届きそうだった夕日も
いまとなってはどこか
いずれおれにはかかわりのない
遠いところへ没して行く

戸をとざし
雨戸をとざし
目ざめては薄い塩汁を吸い
忌わしい星々の物語を読み返し
いや　読み返すというより
ひとごとのように思い浮かべながら
おれはもう少しの時をかけて
おれの尻と畳とを充分に腐らせよう
たとえそれが
ここではない別の海辺で
一つの波が持ち上って崩れる
たったそれだけの時間だとしても

死者の笑い

「たまには笑へ　死者よ　死者よ」
と歌った詩人と二人
柔らかい雨の午後
杉木立のそびえる谷の奥に
もう一人の死者をたずねた

梅がほころび
石畳が濡れていて
私たちは二人とも笑わなかった

その死者の故郷の海辺から届いた蟹の
もてなしを受けながら
詩人はすでに死者である自分を語った
甲羅の裏の味噌をつつきながら
死者であるべくしてあれない自分を私は思った
いずれにしても美しい祭の日は近く
その日こそ私たちは笑う筈だった

もしかしたら　その日には
壁の上の影となっているあの死者も
笑うかも知れない

ひどく長い旅をした一日だった
日が暮れて雨もあがり
木立の下の木戸をあけて二人は辞した

「水溜りをよけることは死をよけることだ」
という一行が浮かんだが
捨てた

夢のように

空は夢のやうに流れてゐる
——三好達治

ひとひらの大きな雲が
墜ちる
ゆっくりと
一枚の葉が落ちるように

そのあとは　もう
空の中には何もない
かつてあれほどにいとおしんだものを
思い浮かべるすべもない

＊

野の中に大きな樹がそびえ
その樹の下に一軒の家があって
そこには　たぶんいまごろ
おれを刻むべく刃をといでいる女がいる
それがおれの今夜の宿
いつもそこへ夢のように帰って行く宿だ

夢のような闇の下を
夢のような急ぎ足で
夢のように辿りながら

＊

乾いた砂は美しく崩れる
骨よ
骨よ
と砂が呼ぶ
のがれようとするか
私の熱い抱擁から
ここを出て
日に晒されて
私を忘れて行こうとするか

乾いた骨は美しく横たわる
砂よ
砂よ
と骨が呼ぶ
吹かれて行け
私には無縁のところまで

乾いた夢が私を呑み
私は自分の中へ墜ちて行くだけだ

＊

萩が黄色に染まり
細い煙が空を渡った

やがて死ぬけしきも見えて
灰を焚いている

戸口

君は遠くから来たのだから知るよしもあるまいが
このあたりでは戸口はみなこのように低くできているのだ
身をかがめなければ家の中へ入ることもならず
またそこから出ることもできない
所詮戸口などというものは人の出入りのためにあるのではなく
ただその家が　必ずしも他人を拒絶したり
外界から孤立したりするつもりはないことを示すべく
申しわけに取りつけてあるにすぎない
その証拠に　人は最初から戸口を使って出入りする習慣がない
彼らは出入りしない

めいめいが　それぞれの家の中で生まれては
それぞれの家の中で成長し　生活し　やがて年老いたあげく
それぞれの家の中で死んで行くのだ
一生のあいだ一歩も外へ出ずに　と君は言うか
戸外へ出て何になる　何をする
外はただ一望の荒野　あらゆる汚染にさらされた大地
あるいは葦と葦とのあいだから湧くまぼろしの街があるばかりだと
家の中から想像するだけで充分さ　と彼らは言うだろう
むしろ一輪の造花をグラスに挿し
あるいは壁の絵に描いてみて
それをあり得べき世界の本当の姿だと思いなす方がましではないか
このあたりの家の戸口はそういう冷たいさびしさの中に暮す人々の
せめてもの心尽し
通りすがりの見知らぬ旅人に投げる無意味なほほえみのようなもの

君はただちょっとだけ帽子を持ち上げて過ぎればよい
それが最小限度の返礼　それ以上は不要
無理をして身をかがめ　頭をぶつけたり腰を痛めたり
つまずいて地べたに這いつくばったりしながら
そういう戸口を本気でくぐろうなどとはしない方がよい
家の中で人々はただ黙って茶をすすっているだけなのだ
　から

坐る

——福島秀子の五点のデカルコマニーに添えて

坐る
坐るべくして
坐るべからざるところに坐る

＊

坐ったままで恋をして
坐ったままで忘れて行く

坐らずあらば愁いあらん
宵はあそび居りて
いくばくもなく蚊柱が立つ

なつかしむほどの話でもない
ただこのままで
この身がどこかへふわりと運ばれる
そんな気がするだけなのだよ
押しやられ　また押しやられて
あやめの咲いていた池のほとり
雲に落ちるおのれの影
聞えぬ羽音に耳を澄ます

さても　かく坐したればこそ
すだれの裾に指もこぼるれ

＊

馬継ぎのいしぶみ濡らすしぐれかな

山なみの向うはきっと一望のオレンジの畑だろう

＊

できることならせめてあの豚の群れに宿ることを許してくれ、と哀願した悪霊の悲しみをときどき思い出す。なぜ彼は、手足に鎖をまきつけたまま、墓地の石と石の間にじっと坐っていることができなかったのか。あのとき立ち上ってわめいたりしたのは、わけもなく人を怯えさせて楽しもうためだったのか。それとも、自分をそうやって追い立て、追いこんで、それでよしとして村々で火のそばに坐っているだろう者たちへの、見さかいのない悪意のためだったのか。あるいはひょっとして、自分がそこにそうしていることを誰にでもいいから顕示したかったのか。

いずれにしてもそうしたばかりに彼はさらに追われ、まだ最後の審判の日でもあるまいにと泣きごとを並べながら、豚の群れへと棲みかを替えた。そして豚の群れはその短い脚で大地を踏み鳴らしながらまっしぐらに丘の斜面を駈け下りて、水に入ってことごとく溺れ死んだ。

何のために？　彼を追うさからいがたい正義からのがれるために？　あるいはそうすることでこれ以上二度と追い立てられずに済むようになることを期待して？　だが豚の群れが一匹残らず死んだとき、悪霊は豚とともに大往生をとげ、みごと消滅することができただろうか。

もしかすると、自分を追った男が村を去ったあと、彼はこっそりと水から這い上り、もう一度墓地の石と石との間に身をひそめて、今度こそ二度と人目につかず、また何ものにも取り憑くまいと決心して、音もなく永久に坐りこんだのではなかったろうか。

＊

坐っている人の
肩のあたりを
うしろから見つめていると
その肩から
かすかな波紋が
ゆっくりと宙にひろがり

その人は決して振り返らない
ずっと向う
その人の遙か前方に
何やら煙のようなものが流れて
薄い匂いが伝わって来るが
それはただそれだけのこと

その人は坐っていて
私はその人のうしろに坐っている

＊

地球よ坐れ
私は眠る

見えない街への手紙

どうしてこんな手紙を書こうと思い立ったのか、自分でもよくはわからない。第一、どうすればこれが君に届くだろう。届いたとして、そしてかりに君がこれを読んでくれたとしても、それでどうなるというのか。君はたぶん、困りきったように街角の建物をちらりと光らせて、そのまま僕に背を向けてしまうだろう。

　若かったころは、僕も人なみに旅にあこがれていた。小さな鞄にほんの身のまわりのものだけを詰めて、どこかへ——こことは違うところへ旅に出る。せまい路地の奥に生まれて、軒端の線に切り取られた日ざしだけを眺めて暮していた僕には、それがどんなにか素晴らしいことに思えた。そしてむろん、僕はやがて旅に出た。いままでに、何度も。出てみてわかったのは、自分の荷物がいつも予想よりずっと嵩ばって重いということだった。路地を出て何歩も行かないうちに、僕はたちまち自分の鞄をもてあました。旅の間中そいつを引きずり、コイン・ロッカーや預り所に入れたり出したりし、最後には二倍にもふくれ上ってほとんど動こうともしなくなったやつを背負って、また路地の奥に帰って来るのだった。

　そんなにまでして、いったい僕は旅に何を求めていたのか。旅に出ればいろいろなものが見え、いろいろな風が嗅げる。それはたしかだ。行く先にはさまざまな街、そこへ行けばきっと未知の美しいものがあり、居心地のいい片隅があるだろうと、あらかじめ思い描いていた街。なるほどどの街も少しずつは素晴らしかった。中には一生ここで暮してもいいと思わせるような街さえあった。その街を去るときには離れるのが残念でたまらず、またぜひできるだけ早くここへ来ようと思ったりしたものだ。そうやって二度も三度も訪れた街も実際にある。

こんな話はありふれたことで、退屈かも知れないね。でも、もうあと少しだけ我慢して読んでくれないか。一つの街を一度しかたずねなければ、たとえその一度がどんなに長い滞在であっても、そのとき僕の目に見えているものはその街のそのときの姿に過ぎず、その街の本当の肌ざわりや匂いのようなものは、そこを二度三度と、それもできたら長い間をおいて訪れ、いわばその街をその街自体と比較して、そこに一つの、現実の彼方の街を思い描かない限り味わえないものなのではないかという ことに、このごろになって僕は気づいたのだ。気づいたころには僕も歳をとってしまい、いまさらもうどうしようもないのだが、それは単にむかし自分が行ったことのある街をなつかしむとか、その街のそのときの姿をたまたま体験したむかしの自分を振り返るというのとは違って、もっと別の方角、むしろもう身動きさえおっくうになってしまった自分の、僅かに残された前方に、見えないものを手さぐりするような気分で考えていることなのだ。今年のカルカッタは寒いとか、この秋のジュネーヴには雨が多いとか、そういったむなしいあれこれの情報の向うに浮き上る、見えそうでいて見えない一つの街、この地上に存在する無数の街のどれでもない、もしかしたらこの僕にしか見えないのかも知れない、いや、この僕にもいまだかつて見えたことのない一つの街のたたずまい。その街を、遠くから吹く風のように押し流しているであろう見えない時間。

それをこうして僕がかろうじて思い浮かべていることだけでもせめて伝えたくて、僕は君にこの手紙を書いたのだ、見えない街よ。

（『この街のほろびるとき』一九八六年小沢書店刊）

詩集〈夜の音〉から

夜の音

今宵　わが庭に訪れて来る
死んでしまった子供たち
ついぞ顔さえ見たことのない
だが忘れられない生きものたち
そのあとをそっとついて来る
同じく死んだ母親たち
父親はどこにいるのか
植え込みくろぐろと静まり返り
猫の目も光らないほどの深い穴

——おぼえていてくれますか　私たちの
ちっぽけな足音が　部屋から部屋へ
いつまでもめぐっていた日のことを
とんとんとん
とんとんとん
何か大きなものを追いかける
ないものをさがす
柔らかいものの匂いをかぐ
ただそのために私たちは生まれたのです
そして　ひとたび生まれてしまえば
二度といなくなることなどできません

ええ　思い出してくれなくてもいいけれど
頭巾のかげで声を立てない影たちを
あなたの窓の下にうずくまらせて下さい
誰の邪魔にもならないように
ここでそっと今夜の祝会をあげて
明日はまた明日の庭に群れるのですから

祈り

暗い門口に立ち

呼鈴を押して待つ間に
つぶやく祈り
——海に棄てた子らよ
大きくおなり

てのひらは裂け
靴は破れて
おまえたちに焚く香も
いまは尽きたが
一つのこだわりが
なお鉦を鳴らすらしい

大きくおなり　子らよ
こうして待つしかないのか
遠い背後から
声もなく寄せて来る
おまえたちのまなざしの
飛沫ばかりを浴びながら……

門口に
遅ればせのあかりがともり
ようやく一歩を踏み入れたとき
冷たいざわめきのようなものが
背後をひとあし違いで通りすぎる

悪意

沈黙に向かうひそかな悪意が
夜ふけの窓の下を駈けぬける
出来のよくない飼犬のように
私の耳だけがそいつを見送る
それはひたすら遠ざかって行き　ほどもなく
私の半径から離脱するだろう
唸り声一つ立てず　身も起さないまま
眠りの中で物音は常に遠のく
そうだ　雨季が来たのだ　あの果てしない雨季が

火打ち石は役立たず
粗朶は濡れ　壁は汗ばみ　敷居は水に浸かり
ぬかるみには蝸牛も這わなくなり
触れるそばから紙が破れる
軒端という軒端が涎を垂らす
そんな具合に長々と糸を引いて
かたくなに
私の湿った血管の中の足音が遠ざかる

三つの影

第一の影が語る
――大地は　熟れすぎた一個のくだもののように
おもむろに腐って行くばかりではあるまいか
闇の中に墓を掘り当てるどころか
この身をどこに埋没させたらよいかさえ
おれたちにはもう見当がつかない
立っているのがおぼつかないほど　足の下が絶えず醱酵
して
とめどなくささやき続けているが
まもなく液体のようなものがあたりを覆い
波打ったり泡立ったりして終るのかも知れぬ

第二の影が語る
――大地は　一個の熟れすぎたくだもののように
おもむろに腐って行くばかりではあるまいか
闇の中に墓を掘り当てるどころか
この身をどこに埋没させたらよいかさえ
おれたちにはもう見当がつかない
立っているのがおぼつかないほど　足の下が絶えず醱酵
して
とめどなくささやき続けているが
まもなく液体のようなものがあたりを覆い
波打ったり泡立ったりして終るのかも知れぬ

第三の影が語る
――大地は　一個のくだものの熟れすぎたように

おもむろに腐って行くばかりではあるまいか
闇の中に墓を掘り当てるどころか
この身をどこに埋没させたらよいかさえ
おれたちにはもう見当がつかない
立っているのがおぼつかないほど　足の下が絶えず醱酵
　して
とめどなくささやき続けているが
まもなく液体のようなものがあたりを覆い
波打ったり泡立ったりして終るのかも知れぬ

ふたたび第一の影が語る
——じゃ　今夜はこのへんで

狼

私の狼よ　夜ふけ
私の乾き切った机の上に
かすかな　ほんのかすかな
息を吹きかけて来るのはおまえか
私の目の中に闇をひろげ
その闇に　どこまでも手の届かない
奥行きを与えるのはおまえか
私の狼よ　うずくまる者よ
恐るべき回転の記憶だけを残して
火！　手の届かない火！
河原の
枯れ葦の
その果てを流れて行く冷気のような

さもあらばあれ　夜ふけ
おまえの開いた闇の通路を覗くと
その底から
かすかな　ほんのかすかな
さざめきの声がときに聞える
それが　私の狼よ　おまえの
たった一つの贈り物ならば
嘲り？　それとも慰め？

もう二度と
閉じようのない
息切れの　最後の息を
形づくる咽喉《のど》の闇に
かつて銀色だった筈の
おまえの毛並みをそよがせよ
私の狼！

アダージオ

ひとむらの草の下に仰向いている
ひからびた虫のむくろをも
一面の銀の光に埋めるほどの
巨大な月の出る夜は来るだろうか
西を見れば西の山
東へ行けば東の沢
そのさしわたしいっぱいの空を
ふさいでしまうほどに間近な月が

そのとき耳に満ちるのは
泡立つつぶやきだろうか　底鳴りだろうか
それとも潮のようにこみ上げて来る
さからいがたいラの音だろうか
いや　私の前を行く者たちの白い背中が
しきりと人を誘う　その招きだろうか

地の涯の楼閣　砂の中の蝎
風吹かず　水流れず　影落ちず
ひとり巨大な月が天を占めて
寒さがつのる
――そんな夜が来ることはあるだろうか
明日は塵と崩れるむくろが
いまはまだ歯を見せて眠る夜
あやうい夜が

寝息

誰もいない部屋の中で
寝息がする
ゆるやかに
規則正しく
眠りのもたらすあらゆる平安をこめて
寝息がする

薄闇に包まれた
うつろな部屋だ
畳もうつろ
砂壁もうつろ
襖もうつろだ
蒲団一つなく
人の立ち去った跡さえない
それでもこの部屋には寝息がする
誰がどこで眠っているのか

誰も知らない
人のかくれる場所はない
ただ　ずっと前から
この部屋には誰かが　もしくは何かが眠っていて
そのことだけは誰でも知っている

時を刻む音もせず
隙間風も来ない
閉ざされたうつろな部屋に　うつろなほど
静かな呼吸だけがある
まるで　部屋を包む薄闇そのものが
ゆったりと息づいてでもいるかのような

私にはその部屋が見え
私にはその寝息が聞える
満ち引きの波動に自分の呼吸を合わせ
夜のあけるまでじっとしていることだってできる
そして　そうやって見ている私

寝息を聞き　寝息をともにしている私が
いったい誰なのかは誰も知らない

焼串

時よとどまれ　という言葉も
時とともに流れて行く
満潮時の河口あたりの川面に浮かぶ芥のように
ひとところにじっとしているように見えながら
いつの間にか少しづつ漂って
確実に遠ざかり
やがて視界から姿を消す

そのとき　一本の焼串のように
おれの頭から足の先までを貫いて
ゆっくりとおれを回転させている軸が
金属の軋みを立ててやおら傾く

つまりはあぶられる角度がいささか変るというわけさ

焔は見えず　燠もなく
しかし軋みは闇にこだまして闇を深め
その闇にこもる熱さがじりじりとおれをあぶる
目をあけていてもつぶっていても同じことではないか

時はとまらない　回転は続く
河口はひろびろ　闇はふかぶか
おれはゆるやかにあぶられて行き
夜はまだまだ明けないだろう
おれがこうして　やがておれの視界から姿を消し
とめどない熱さと痛みのひろがりの中へ失われるまでの
長い　——そう
気の遠くなるほどに長い闇の持続の間

（『夜の音』一九八八年書肆山田刊）

Ⅰ カドミウム・グリーン

カドミウム・グリーン

ここに一刷毛の緑を置く　カドミウム・グリーン
ありふれた草むらの色であってはならぬ
ホザンナ
ホザンナ
と　わめきながら行進する仮面たちの奔流をよけて
おれがあやうく身をひそめる衝立だ
さもなければ
木っ葉のようにそこに打ち上げられるためのプラットフ
ォームだ
いや　彼らの中に立ちまじる骸骨の　かぶる帽子のリボ
ンの色か
ともかくもここに緑を置く　カドミウム・グリーン

これでいい　これでこの絵も救われる
おれもようやく仮面をかぶることができる
白く塗りたくった壁に
真赤な裂け目をあけて笑うこともできる

秋も終るか　街路にいると秋はわからない
どうしても上へあがろうとしない日ざしでそれと知るだ
けだ
こおろぎももう鳴かない
かつてあの広場で　憂鬱な歩哨のように
おれの通過を許してくれたこおろぎだが
広場の先はつめくさのともるバリケードだった
仮面をつけていなければ入れてもらえなかった
その中で　おれたちはみなごろしになるのをじっと待っ
ていたが
装甲車は街角からひょいと顔を覗かせ
暫く睨んでから黙って引き返して行った
あの装甲車も緑色だったな
カドミウム・グリーンではなかった筈だが

おれの記憶の中ではやっぱりあいつもカドミウム・グリ
　ーンだ

カドミウム・グリーン　死と復活の色
舗道にぼんやり突っ立っているおれの前へ
戸口から若い女が一人　ひょいと出て来る
若い　いや幼いと言うべきか　乾いた素早いまなざしで
ちらりとおれを見やってから
右の方へ　もうとっくに心を決めてしまった足を向けて
一ブロック先にきらめいているデパートの方へとそれて
　行く
だがあのデパートのうしろは煤ぼけた運河で
岸辺には赤煉瓦の泌尿器科の病院がある
夏にはその塀ごしにひまわりが咲き
その先には何もない石畳がある
彼女のコートもカドミウム・グリーンだ
運河の黒い水にはよく似合うだろう
一刷毛の緑　カドミウム・グリーン
ありふれた草むらの色であってはならぬ
軍楽隊が行き　踊り子の群れが過ぎ
敷石を踏み鳴らして次々と山車《だし》がやって来る
赤と黄と白とが舞う
ホザンナ
ホザンナ
火の粉が舞う
誰がこの街へ死にに来るのか
道に敷くべき木の枝もなし
シルクハットの男たちを掻きわけるすべもない
実はね　この山車だってみんな装甲車さ
おれの絵は　いつになったら仕上がることやら
仕上がっても見る人のありやなしや
それまで行進が途切れずに続くかどうか
ホザンナ
ホザンナ
カドミウム・グリーン
おれの仮面はまもなく落ちる

待避命令

奇妙に渇いた二月から奇妙に濡れそぼる三月へ
私たちは手さぐりで歩く　もう何も見えないから
生あたたかい風が額のあたりに触れるのを頼りに
その風の来る方角へせめて唇だけでも差し出そうとする
このあたりでは何が破壊されているのか　けたたましい
待避命令のサイレンを誰が誰に鳴らすのか
風に乗ってひりひりする粉末のようなものが
むきだしの顔を襲うが　なに　黙っててのひらで拭えば
いい
こんなことは昔からあったさ　私たちの生まれるずっと
前から
失われ続けた無数の卵　この生あたたかい風　待避命
令!

ちまたの歌

一つの戸口に一人ずつ人が立って
行き過ぎる者たちを見守っている
日がかげり　薄闇の街路が冷えて
彼らの背後の扉ばかりがつややかだ
大きな図体を傾けてバスがのろのろと揺れ
けたたましいオートバイがそれを追い越す
歩行者たちが一様に首をすくめる
そんな雑踏を眺めて何になるのか知らないが
造り付けのように身動きせずに
彼らはそこにそうしている
私の背中にも彼らの視線が一瞬貼り付き
そのあとすぐに冷たい無関心が来る
そうさ　どうせ私は通り過ぎる者
彼らは佇む者
彼らを押しのけて扉をあける人はいない
安んぜよ　用済みの街路の用済みの建物
用済みのスフィンクスたち

呼んだって振り向いてなどやるものか
冷え冷えと空はなおも明るく
爪をはじく音だけが壁にこだまする

砦

とうの昔に消滅した砦の跡に沿って、私たちはぬかるみの街を歩く。夜が冴え、街筋は賑やかだ。店という店が煌々と灯をともし、それがかえって舗道をいっそう暗く感じさせ、行き交う人々を影絵に見せる。それらの影たちが、てんでの方角へ、滑るような早足で交錯する。店からは仰々しい音楽や呼び声が盛んに洩れて来るが、誰ひとりそれに耳を貸す様子はなく、ひたすら自分の道を急いでいる。こんな落ち着かない街路にいたのでは、誰もが無言ですたすたと足を進めるほかはあるまい。だから私たちもそれにならった。

かつてこのあたりには、たしかに砦の壁があった。積み上げた石材の間に無数の穴をあけ、その穴に蛇や蝎を巣喰わせ、ときには薔薇を咲かせたりしながら、砦は永い風雪に耐えた。何を、何に対して防衛するために築かれたかは知らない。どうせ古い砦などというものは、ただそこにあるためにそこにあるのだ。その中に死を覚悟した兵士たちが息をひそめて立て籠ったこともあったろうが、隊商はそれを横目に見て黙って通り過ぎた。お互い、かかわり合わないほうが都合がよかったのだ。そうやって、いくつものともしびがついたり消えたりし、市《いち》が栄えたりすたれたりするうちに、いつとはなしに砦はただの石くれの山となり、やがては摩滅するかのように消え失せた。実際は摩滅したわけではあるまい。無用になった石材が少しずつ持ち去られて、ほかの何かを建てるのに使われてしまったのだ。

ぬかるみは私たちの靴に冷たく、吐く息が夜目に白い。明日は霙でも降るのかも知れぬ。この賑わう街で私たちには売るべき何もなく、買うべき何もない。たしか砦の跡というのはこのあたりだった筈だが、と、影のように行き交う人々を見やりながら、自信なげに呟いてみるだけだ。その推測が見当違いであろうとなかろうと、そんなことは本当はどうでもいい。とうの昔に無用の長物と化した砦の位置を、いまさら尋ね当ててみてもどうなるものか。ほんのささやかな好奇心の充足、ただそれだけのことではないか。私たちは問題の砦以上に、この街には無用の存在なのだ。

砦が失われるとともに、たぶん、何かが音もなくここを去った。それをとりあえず、沈黙の女神とでも呼んでおこう。どこへ行ったかは誰も知らない。その女神の御利益がどんなものだったのかも不明のままだ。ただ私たちは、自分たちがもしかしたらかつてその女神を崇めた民の遠い末裔だということにでもなるのではないかと、頭の中のどこかで感じていて、だからこそ酔狂にも、こんな冷たいぬかるみの舗道をさまよっているのだが、それは砦の跡をわがものとして確認するためではなく、御利益の知れない女神をふたたび崇めようためでもない。私たちがとうの昔に決定的に失ってしまったと思われる一つの恩寵、それが恩寵であるがゆえに私たちの側からはその内容もそれの喪失の重みもうかがい知れない恩寵の記憶を、せめて、いまはない砦の、触れるべくもない石の肌のざらつきや冷たさを思い浮べることで、沙漠に照る月のように虚空に浮き上がらせようとしてみているだけだ。ただそれだけだ。

野鼠

この広い野のどこかに　たぶんいまも
一匹の鼠が棲んでいて
きっと私をおぼえているだろう
これほどの広さだからには　そこに棲む
鼠の数も多かろうが
その一匹は　私を知っているという一点だけが
ほかの仲間とはいささか違う
と言って私とそいつの間に何があったのでもない
とある日暮れ　草むらをへだてて
ひとしきり目を合わせて互いに立ちすくんだ
それだけのこと
一呼吸あって彼はそそくさと立ち去り

私も自分の棲む世界へと引き返した
あれからもう何年になるか
いまでも彼をよくおぼえている
夕焼けが薄れかかる下の
茂みの蔭の暗がり
そこに小さく光っていた一対の目
せわしくうごめいていた鼻先
髭
ちっぽけな耳
おれはこんなことであいつを愛したというわけか
と　ときどき考える
どうしてまたあんな生き物をおぼえたのか
すぐに忘れることだってできたのに
おぼえたって何にもならないのに
こんな具合に次から次へと
見たものを片っ端から登録した日には
記憶容量がいくらあっても足りないぞ
それにあいつは　ことによったら
とっくに死んでしまっていないとも限らない

鳶や梟の爪にかかったか　それとも
悪いものを食べて野垂れ死にした可能性もある
私のいないところで彼が何をしているか
どこの物蔭にかくれ　どんな草の根をかじり
不意を打たれたらどんな悲鳴をあげているか
わかったものじゃない
彼もまた私の何を知っていよう
どこに暮らし　何を飲み　誰を嘆き
合間にはどんな情ない恰好をしているか
想像もつくまいよ
でもとにかく私たちは一瞬見つめ合い
それから目をそらし合った
草むらが揺れもしなかったのに
彼の姿はもうなかった
私のおぼえているのはそれだけだが
また出逢ったとして彼とわかるだろうか
彼の方でも私の見分けがつくだろうか
もっともあいつにはおれの及びもつかない嗅覚というも
のがあるからな

それであるいは思い出してくれるかも知れないさ
見当をつけたり　なつかしんだり
足音も聞かないうちから嫌って道をよけたり
それもまあ　おぼえているうちには入るだろう
そして何かこう　声には出さないまでも
奇妙な感情が頭の中にひとふしの
旋律のように浮かんで流れることだってあるかも知れな
い
たとえばおれが
七草なずな
唐土の鳥が
日本の国に
渡らぬ先に
七草たたく
すととん　とんよ
という唄を時おりわけもなく思い浮かべるように
これはむかし祖母が歌って聞かせてくれた唄
私には何のことやらわからない唄だったが
考えてみればおれも幼かったわけだな
幼くて　無防備で　小さかったことといったら
ちょうどあの野鼠と同じくらいか
それよりいくらも大きくはなかったろう
祖母もまた無防備で小さかった
いつも自分の部屋の暗がりの中にいた
だからあの唄をおれはおぼえたのさ
野の中で出逢った一匹の鼠をおぼえたように

暦

一月
空いちめんに枯れた枝がひろがり
二月
まだ見たこともないものが訪れる
三月
私たちは初めて上着をぬぎ
四月
芽の先がゆるやかに匂いへと開くのを見る

五月
雨は無言のままに垂れ
六月
皮膚のただれた部分が黴びてやまない
七月
忘れていた日々をかすかに思い浮かべ
八月
セイタカアワダチソウよりももっと高く
九月
雲が湧くのを眺めるのにも飽きたところへ
十月
なめらかな音楽ばかりが路上を滑り
十一月
たたかいはいつ終る気配もないが
十二月
私たちは死に絶える　生き残るこの世をみとりながら

吸殻

グラナダの下町の、とある広場に迷いこんで食べた、チューロス・コン・チョコラーテはうまかった。だがいま私の言いたいのは、このイスパニアの庶民的なおやつのことではない。揚げたてのチューロスは指でつまんで食べるから、油と砂糖にまみれた指先と口元を拭くのに紙ナプキンが要る。それがテーブルにもカウンターにも大量に用意してあって、使っては床に捨てる。だから店の床はいちめんの紙ナプキンで埋まり、人はそれを落ち葉のように踏みわけて出入りしなければならない。散り敷いた紙ナプキンの層の厚さでその店の繁盛ぶりがわかるのだ。

そんなふうにおおらかに、あたりに物を投げ捨てることの心地のよさ。カフェのテラスで煙草を喫《の》んで、吸殻は足元に捨てる。歩きながらふかしては道に投げる。それが若き日の誇らかな常識だったではないか。地球は大きな灰皿で、人生到るところどこへ何を捨ててもよかった。ああ、あの幸福はいまどこへ行ったろう。私の最愛の、とばかり信じていた者たちが、いまは私の投げる吸殻や紙屑のひとつひとつに私を責める。かつては部屋の各所にうずたかく盛り上げた吸殻こそが、机の周囲に足の踏み場もなく散らした書き損じの反故紙と同じく、わが精神の旺盛ぶりを如実に証拠立てていたのに、いまはそれが、恥ずべき習慣をもったけがらわしい生きものの、排泄物の飛沫でしかないというのだ。

ある転生のための下書き

人はあるいは言うかも知れない　かつておまえは一羽の
　鳥であったと
もっと正確には　一羽の濡れそぼるみじめな鳥にすぎな
　かったと
そう言われたからといって　それが何ほどの
意味をもつのか　前世には野性の馬だったと
自分から公言している聖職者もあるし
みみずのようなものでしかなかったのではないかと
ひそかに自問している娘さえいるのだ
嘴のつけ根から血を流し　その嘴を少し開いたまま
うっすらと笑った表情で横たわって
おまえがある朝どこかの窓の下で脚を縮めて死に
間もなく野良猫かほかの鳥かの餌食になったとしても
それはまったく取るに足りないこと
地の上にほんのわずかの　文字通り吹けば飛ぶような
羽毛を散らばしただけの話で
その程度の輪廻ならば誰にでもあった筈
道を行くおまえが　ふとどこかに
ほんのりとした花の香りのようなもの
あるいは何かの汚物の匂いのようなものの
気配を感じて　だが見わたしても
花も汚物もない　そういうささやかな経験に似たことで
　しかないのだよ
ずぶ濡れになるのは誰だってみじめさ
一刻も早く暖炉のほとりにでもたどり着き
着ているものを全部脱いで　タオルを借りて

髪の毛から足の指まで一点の水気も残さずに拭き上げた
　いが
どう拭いてみてもまだどこかに湿りがこびりついていそ
　うな
そういう予感が最初からする
その予感が　しかし実は何かの記憶からもたらされるも
　のだったと
おまえは知っている筈だ　言いたいのはそれだよ
だからおまえがかつて一羽の鳥
どしゃ降りの中で死んだみじめな鳥だったとしても
別に不思議はないんじゃないのかな
ありふれたこと　どこにでもあること
とりたてて騒いだり　恨んだり
宿命論を振りまわしたりするには当るまい　むしろおま
　えが
誰かに言ってやればいい　かつてあなたは　と
それでおまえの気が済むのなら
けれども　もしかして　おまえがかつて一度でも
どんなちっぽけな　群れ集う中のほんの一羽にすぎない
　にせよ
鳥であったことをうべなうなら
それと同時に思い出すかも知れないな　何か途方もなく
　大きな
岩か氷の崖のようなものが空にそそり立っていた気がす
　る　と
そのあたりはたぶん冷たい気流が烈しいらしく
おまえの翼では近づくことすら考えられなかったが
そういうものがたしかにどこかにあったようだ　と
そういうものを遠く眺めながら　群れと一緒に日溜りで
餌をついばんでいたことがたしかにあったようだ　と
餌といってもほんのつつましい草の実
それとも何か地面から這い出そうとするもの　それらを
食べられそうだと見ればすべてつついてみて
呑みこんで　すぐに次をさがす
それがおまえのその場その場の幸福にほかならなかった
　という思いが
なつかしさとともにでもなく　悲しみとともにでもなく

ただかすかな味噌汁の匂いのように記憶の片隅から漂い
　出す
そんなことがもしかしたらあるかも知れない
あったとすればそれはそれでいいではないか　それがお
　まえに
いま何をつけ加えるわけでもないのだから
何かの証拠として　こと改めて
採用しなければならないものでもないのだから

垂れ流しの歌

垂れ流しの歌を歌おうか
どうせどこでも一事が万事垂れ流し
日々に新たな泣き言が垂れ流される
垂れ流したものは汗のごとし
よだれのごとし血のごとし
生んでしまった子のごとし
一度出したら二度と元へは戻せない
それが掟だ
笑って済むなら世にもめでたい話だが
笑いもまた　口の端から
とめどなく垂れ流されては乾いて行く

垂れ流しの歌を歌おうか
誰かが言った（誰だっけ）
政治を軽蔑する者は軽蔑すべき政治しか持てない　と
ならば　詩を軽んずる手合いには
軽んずべき詩しか手に入らないのも道理
責めを負う義理などあるものか
口笛を吹きながら人をあやめて
抵抗しない者たちをみなごろしにして
そのくせ　丸く収まる夢ばかり見る
吠えない犬には餌をやるな
吠える犬なら刺し殺せ

垂れ流しの歌を歌おうか
どこまで続くぬかるみぞ

けむい筈だよ生木がいぶる
おれの通ったあとには果して草が生えるかな
それともしずくが点々と垂れているかな
何のしずくか　汗かあぶらか
または血膿か
せめてまっすぐ続いてくれればいいのだが
そいつがまた　同じ木蔭でぐるぐると
輪をかいているだけだとしたらどうだ
垂れ流しの歌といえばまずそんなところさ

垂れ流しの歌を歌ってみたが
もっと歌えと言われても　もうくたびれた
歌って埒のあく目でもなし
舟が出るよ　舟が出るよと
呼ぶ声がどこかで聞こえる
あれに遅れると　明日の朝まで
河原で一夜を明かさなければならないぞ
河原には　よしきり　ひきがえる
水もひたひたと差して来るぞ
後ジテどもも残らず出るぞ
だからもう行こう　膝から骨が突き出ないうちに

時の終り

雨のようだね　と　一人が言い
雨のようだ　と　もう一人が答える
そのまま　二人とも　息をひそめて
部屋を包む気配に耳を澄ませた

はげしい何かが押し寄せたわけではない
室内の空気が僅かに重くなる　それだけだった
かすかな湿気が　いくらかの冷たさとともに
閉じたカーテンのあたりから匂い立った

物音とも呼べぬほどの気配が外を囲んだ
さっきまでしきりと宙を舞っていたもの
たとえば胞子や虫や小鳥のようなものが　ことごとく

死に絶えてひたすら地に降り積もる気配だった

部屋の中にはほんの小さな火があった
何をも照らさず　何をも暖めず
埋もれ火のようにそれ自体を維持しているだけの火
二人は身動きせずにそれを見守っていた

まだ続くようだね　と　一人が言い
まだ続くようだ　と　もう一人が答える
そうやって長い時間が過ぎ　二人は動かなかった
動こうにも動くすべを忘れてしまっていた

そしてすべてが　遙か遠い昔の出来事となって行った

アンモナイト

I

野が　どれほどに尖塔をそびえ立たせようと
この荒れた台地がおまえの場所
ここでならおまえも安らぐだろう
藪が茂り　つるくさがはびこり
岩かげの冷たい土に蛇がうねる
遠く　乾草を積んだ車が　川の浅瀬を
のんびり渡りかかろうと
鶩鳥たちがわめき立てようと
ここにあるのは　ただ　古い土塁の
置かれていた場所を示す影ばかりだ

野はいちめんの緑　町の屋根屋根は陽に映える
誰もが片頰に笑みを浮かべて
街路を賑わせているだろう
美しいものが次々と売られ　買われるだろう

人の口の形をした泉に　たっぷりと唾液が溢れ
人々は身をかがめてそれを飲み
手の甲で口を拭いては　まぶしげに空を見上げるだろう
その空には　たぶん　飛行機雲があざやかだろう

II

おまえは石を積む　ずっと昔に
ここにいた人々がそうしたように
石とは　本来　おまえも知るように
積み上げたら黙って立ち去るべきもの
北の　硫黄の湧く湖の岸でもそうだったし
遠い西の果ての草地でもそうだった
何のためにそんな石をそこに置いたか
いつ誰がその石につまづくのか
あるいは　誰が　その石の間に身をひそめて
血にまみれた手を満足げに洗うのか
ここにいた人々はとうに姿を消し

彼らの嘆きの声も　もう聞くすべがない
まつろわぬ者どもは殺せとばかり
野に轟いたろう雷鳴には
裂かれた母親たちの悲鳴が答える
そして石は　なだらかな斜面に黙って並び
秋にはその上に黄色い葉が影を落し
鳥が木の実のまじった糞を落すだろう

III

野道をオートバイが走り抜け
町の屋根屋根が陽を映す
ここで眠るんだね　アンモナイトのように
藪では虫の羽音が途切れないが
途切れないままにそれもやがては消えて
陽ざしの中に一つの眼が残るだろう
それがおまえをじっと見つめる

すべては無言のうちに行われた
土塁に道の尽きるところ
足跡はそこで途絶える

IV

何ひとつ壊されなかった　何ひとつ
形や場所を変えたものはなかった
薄靄の中で川面はなおもきらめこうとし
起重機はなおも腕を伸ばそうとし
煙はなおも立ち昇ろうとする
生き残った人々は家路に向かい
いつもの椅子に落ち着いて肩の力を抜くだろう
そしてじきに　ここで何があったかを忘れて
野に雨の降りしきる日を待つだろう
昔ここにいた人々もそうしたのだ
土塁のかげに　石を積みながら
その石が自分のあとに残ることを夢みたのだ
まつろわぬ者どもは踏みにじればいい
彼らの血は雨に洗われればいい
壺をかかえた女たちが目を見開いているではないか
傍受された無線の　途切れ途切れのメッセージに似て

II Ut pictura poesis

マドレーヌ

これもあれも棄てるべきかと
いま椅子を
ずり落ちながら
おまえはなおも身じろぎせずにいるだろう
いまの私からは遠いところ
旅人たちの足音がどよめく街の片隅で

少しずつ肩が沈み
首もたわんで
おまえはやがて床に埋もれる

私が声をかけようもないほどに切り離された
誰も来る筈のない部屋の中で
いっそこのまま消えてしまうのがおまえの望み
ずっと昔やはりそう言った娘がいたっけ

そう言った娘たちもいまは齢をとった
けれども誰ひとり消えてはいない
相も変らぬ渦を巻いて
いたるところに吹き溜りを作って歩き
歌うやつ　罵るやつ　アイスクリームを舐めるやつ
そしてすべてを覆う巨大な因果

それでもあの街には今日も日が照り
おまえはいまも沈み続けているだろう
おまえの投げ出したほんの僅かのものだけが床に光って
どこかで男たちが呼ぶだろう　マドレーヌ
マドレーヌ　出ておいでよ　と
おまえの絶望の深さも知らずに
（ローマ・ドリア＝パンフィリ美術館）

黒衣の人

誰が覗いても
同じただひとりの人影しか
返してよこさない姿見があるとしたら
その影が
髪飾りと肩掛け以外は黒をまとって
かろうじてその黒さに身を支え
寒そうに黙って立っているだけだとしたら

そういう姿見が　いつからか
どこやら古い廊下の遠いはずれに
置き忘れたように立ててあるとしたら

鳩の飛ぶ里を捨ててそんなところへ
挨拶に行くほかはないのだろうか
蒼白な細い顔立ちが
やがては閉じる大きな目の無関心を

静かにこちらへ向ける　たったそれだけの出逢いのため
に

鏡の中にこもることは
生きながらすでに死ぬこと
覗く者があるたびに出現すべき
亡霊のつとめさえ忘れてたたずむこと

そして鏡の中の暗さにも慣れ　本当は
見た人に何を見たかをすぐ忘れさせてしまうこと
（パリ・ルーヴル美術館）

蛇への恋唄

蛇はどこにいる　どこかそのあたりにいる
けれども僕にとっての蛇は
君の中にいるんだ　薄紅いろの
君の可愛い鼻の頭に

一瞬　舌がひらめいて消えるじゃないか

同じ型から造られた　たくさんの君の姉妹は
いくつもの国に散らばったというが
その中の誰よりも君はみごとだ
なぜって　君がいちばんしなやかに樹かげに佇み
まがまがしいほほえみに満ちているから

すぐそこの川面には日暮れの蝙蝠《こうもり》が舞い
古ぼけた橋の上にはひきもきらず人が行き交い

遙か北の　山の向うの
麦と葡萄の畑の中では
君よりもずっと昔のもうひとりの君が
灰色の石に寝そべり　蛇の姿勢をまねていたっけ
大きな眼をして　頬杖をついて
底知れぬ黒い思いにふけっていたっけ

照れ隠しに　頭でも掻くしかないか

どうやって見ても間抜けな僕が
君の贈り物を結局は受け取る前に

（フィレンツェ・ウフィツィ美術館）

窓べのクリオ

言われた通りに装《よそお》って
言われた通りに窓べに立つ
窓は金いろ　傾いた光が
壁に古風な地図を浮かせて
冷えた気配の沁み込んで来る室内に
ひっそりと絵筆が軋る

重い大きな書物を抱えていれば
人は誰でもクリオになれる
だが　眼を伏せたおまえの顔に素直に浮かぶほほえみは
おまえの不在をあらわにする
何も思わず　何も問わずに

ありもしないおまえはやさしく青をまとい
ありもしないおまえをやさしく人は描く

ありもしない　だがそれならばあれは何だったのか
物言いたげな　だが何も言わない瞳をこちらへ向けて
振り返り　振り返り　闇の中に薄れて行ったあの顔は
髪に巻きつけていたあの布は　耳の真珠は
何もかもがそうやって　ありもしないものとなり
ありもしないものをしか人は描けない

部屋は冷え　窓の外では壁が黄色く染まっていよう
いつかおまえのほほえみの思い出も消え
その壁の黄色のために死ぬ者もあるいは出よう
そんな日が来たとしても　なお語られずに残っていよう
この部屋のいまの静けさと　そして
無言のまま傾いていた金いろの光とは

（ウィーン・美術史美術館）

マドレーヌ　ふたたび

まだ暫くは油も尽きないだろう　夜が静かなら
ともしびはただひとつあればそれで充分
遙か遠くのまなこに映る光の点のように
小さな焔がここだけをあたためていて
おまえは眠らない　眠れないままに
柔らかい肉と長い髪の中におまえはいて
あんなに泣いたのももはや昔になった
あのとき裾に触れることも許されなかったのは
罪のためか　それとももっと大きな警告だったか
それもこれもいまは闇に沈んで
油の燃える音だけが時を刻む

すべてはほんの短い間の出来事だった
思い返す夜の方がどれほど長いことか
丘を下る道の石くれを黙って受け入れる　それ以上の
何をすればよかったのか　いまもおまえは知らない
こうやって何が洗われるのか
何をこのあと悔いればいいのか
それを教えてくれる人はもうどこにもいない

油はまだ尽きない　でもいつかはそれも尽きる
やがておまえの髪がおまえの身を包むだろうように
私も私の歳月にくるまれる
膝の上のおまえの手の中にある褐色の
それだけが私のもの　ほかに何があろう
目をつむることさえできずに歩いて行く者にとって

（パリ・ルーヴル美術館）

三人天使

大きな河のほとりに生まれた三人の天使
軽やかにさえずりながら
空を飛ぶ

空はいちめんの金泥　雲ひとつなく

あどけない　お揃いの緑の服が浮き上がる
そう　ふり返り
誘い合い
呼びかわし合い
ほんの小さな額縁の中の
無限の空を転げて行く

もしかして　どこかの祭壇の
暗い片隅のいろどりだったか
それとも遠い河下の町で　ずっとむかし
むごたらしく殺されたという少女たちが
いまわに夢みたまぼろしだったか

そんな話ばかりをいつまでも
語り伝えて
伝えることで気が済んで
地にくろぐろとひろがる森の
たった一羽の梟のことも忘れていたが

さてもいま　軽やかにたわむれながら
三人の天使はさえずり　空を飛び
空は金泥
いちめんの金泥

（バーゼル・市立美術館）

（『カドミウム・グリーン』一九九二年思潮社刊）

連作詩〈めぐりの歌〉全篇

1 百年の帳尻

――はああれは先頃なくなりました。
小泉八雲

大きなひとつのめぐりの輪が　あと僅かで閉じようとするときに
(どこの暦の年だったか
それとも百年の収支の帳尻だったか)
ひとり　またひとりと　立ち去って行く人々がいる
なすすべもなく目で追っていると
君　気落ちしてはいけないよ　したからって
事態が変るわけではないのだからね
そう諭しながら　彼らに続いて腰を浮かす人もいる
今日はこれで失礼します　さぞお疲れでしょう
またいつかお目にかかります
そう　またいつか私たちは逢えるだろう
ただしこんなに賑やかでない　もっとお互いに口数の少ない場所で

寒い日　寒い夕暮れ
このちっぽけなバルコニーからも
ここではないどこか遠くの街
やっと聖人の名を取り戻した街　あるいは白き街
それとも永久に漂流を続ける街に
薄墨の空から雪の降りこめる景色が浮かぶ
音のない音楽のような
その想いをせめてもの慰めとするか
小さな甕を買おう　三銭か四銭くらいの
そして風呂にでも入るように
その中に身をひたすことができたらいい
ゆったりと手足を伸ばして　あたたまって
湯気の中でうつらうつらできたらいい
そうやって長い時がたち　いくつものめぐりが過ぎて
音楽がなおも終らずにいてくれたらいい

物語には終りがない　むかし喜んで聴きいった幼い女の
　子たちも
やがては大きくなり　別な歌にうつつをぬかし
私の声などは忘れるだろう
私の方は彼女らのひとつひとつのしぐさをいまも思い出
　し
そのたびに　ついうっかりとほほえむのだが
人にはぶざまなうすら笑いとしか見えないだろう
だが物語は相変らずつぶやかれる　それだけが
かつてそういう日々のあったあかしだとでもいうかのよ
　うに
そう　私のいたことをいつまでも憶えていてはいけない
　よ
忘れるんだ　それが倖せというものさ
君らのではない　私の倖せ
忘れられることの倖せ
言葉と一緒に　この中途半端な日々のことなども忘れて
　おしまい

うつらうつら　うつらうつら
このまま雪の積もるのを待つ
うつらうつら　うつらうつら
部屋は埋もれ　街も埋もれる
ここはあたたかいぞ　隙間風も来ないぞ
次第に薄れてゆく想いの中で
どこまでも引き伸ばされるチェロのような
ゆるやかな響きがなおも聞こえる
子守唄か　それとも　いつだったかの
ポルタ・ロッサのざわめきか
立ち去った人々はもう帰って来ない　だからといって
旅が夢とは限らない
続けよう　どうせ
一度始まったものは尽きることがないのだから

2　冬の蛹

――内側ではどんなにがんじがらめになっとるものか、
とてもわかるまいなあ。
ジュリアン・グラック

むかし　どこへ出るにも律義に携えた
七つ道具の重かったこと
その　子供じみた武装の一式を
当り前のように担いでいたのに
いまとなっては腕時計が手首に重い
頸に結んだネクタイも重い
腕時計は親父の形身で肌身から離すわけにも行かないが
ネクタイはやむを得ぬときだけの身だしなみ
あとは丸めてポケットに入れる
すると今度はポケットが重くなる
住所録も重く　眼鏡も重い
さて　いまをはやりの携帯電話はどうしたものか
そうやって少しずつ　おれたちは朽ちて行く

旅の支度だけでもすでに面倒臭い
船を出す前に　かねて親しかった老人に
挨拶をしに行くのが精一杯で
遙かに暮れる夕焼けを見やりながら
庭椅子の上で　いつまでも尽きない酒を酌み交わす
そんな夏のひとときばかりを夢に見ている
窓には昨日も雪　今日も雪
ボイラーがときおり火の粉をあげるが
海と溶け合う太陽には及びもつかず
ひとたび消えた永遠は二度と見つからぬ
いつだって夏は短か過ぎたのさ
冬は途方もなく長く　おれたちはもうよみがえれない
外へ出れば凍える　だから出ない
それが残された知慧というもの
いずれ雪が雨に変り
かぼそく陽のさすことがあるとしても
雨だって冷たいし
陽の光も冷たい　わかっている

寒気団よ　いつまでも居坐るがいい
酒が冷え　小鉢も冷え
軒端ではひたひたと水音がして
ひたすら沈み込むものの気配が続く

そうさ　おれたちはもうよみがえらない
せっせと自分で吐き出した糸にくるまって
眠ったまま煮殺される蛹《さなぎ》のように
こうして羽化を夢みながら死んで
すべてが消える
あとに残る繭が何かの役に立とうと立つまいと知ったこ
　とか
暗いなあ　生は　そして死も　と
誰かが歌っていたような気がするが

おお　なつかしの日々
とめどなく思い出すことは忘れることにほかならぬ
むかし　重い荷をいとわず背負って
いくつもの山を越えて行った

たどり着いた先には　梅の花の咲く
なごやかな里があった

3　血のしみた地

——あれがシテール、
　と誰かが言った。
シャルル・ボードレール

やはりコソヴォへこそ行くべきだったか
ここから南　遠い昔から血に染まったあの平原へ
修道院の点在する険しい丘を縫って
ひたすらに走ってみるべきだったか
だが　その道はとらなかった
北へ　肥沃な野を貫いて
車はヴォイヴォディナへ向かっている

クルシェヴァッツまでならたずねたおぼえがある
コソヴォで死ぬべくラザロたちの集結した町
出撃を前に彼の祈った聖堂

民芸館の壁の　一枚の小さな絵が
凄惨な戦いの翌朝　しらじら明けの
しかばねの間でまだ息をしている兵士らに
水を与える若い女を描いていたっけ

そんなふうに　たった一度の戦闘を
いくつもの尾ひれでふくらませ
年代物の胡弓に乗せて語り伝える　これが詩なのさ
それほどに　魚影は遠く泥水に没しても
尾ひれはなおも血を流す
そしてつぶやく
あの戦いのあと　ヨーロッパ全土に弔鐘がひびき
われわれは五百年の隷属に入った　と
けれども　もっと南へ　谷をさかのぼりつめた奥
ソポチャニの礼拝堂を埋め尽す
ビザンツの壁画の青は深かった
僧院の外の斜面に　秋の柔らかい陽ざしが
黄色い木の葉を透かす下で
黒衣のまま無言で羊の群を追う

老いた修道女は日に焼けた顔ではにかんでいた

だからやはり　ふたたび南へ行くべきだったか
しかしここ　ノヴィ・サドの高い砦から
ドナウに沈む夕日を眺めるうちに
戦いの日々は霞んで行く
血まみれのボスニアからこの平野に移り住んだ詩人は
ビザンツの聖人のように寡黙だ
あなたがたもここでなら安心ですか　と訊ねると
そうでもないのですよ　子供の学校のこともありますし
と　彼の夫人が代って答える
そして　枯れた玉蜀黍《とうもろこし》の畑の果てには
小さなソンボルの町が　色とりどりのバロックの建物を
緑の箱庭のようにうずくまらせる
やさしい人たちが案内をしてくれて
木立の中の黒い夜が一杯のヴィリャモフカで更けて行く
だが　絵のようなこの町にも絵があって
異民族の大軍を撃破する若きプリンツ・オイゲンの
途方もなく巨大な戦闘図が広間にのしかかる

いっそ　別の岸辺へ泳いで行けたらよかったのに
十字路という十字路で　人も車も言葉もぶつかったまま
だ
コソヴォの古い歌が聞こえてくる
南スラヴの　深い地声の二重唱が
霧にひそむ昔の恋を呼ぶ
しかし　いままた　あそこで血が流れ
血の復讐がこだまする
ここはおれたちの土地だ　おまえたちのものではない
と
すさまじい声が大地を引き裂く

4　ながらえる者の嘆き節

――汝は汝の村へ帰れ
西脇順三郎

ひとつの作業が終るたびに
使った道具を丹念に元へ片づけ
自分もまたひっそりと元のところへ帰って行く
サウイフ静カナ暮シガワタシハシタイ
私は死体?
長い仕事がやっと終って　その仕事のため
机のまわりに積み上げてきた　とんでもない数の書物を
一冊ずつ棚へ戻そうとすると　これはしたり
どう押し込んでみても　もはや元の鞘には
収まりきれなくなっているではないか

遅く行くと坐る椅子も見つからないほど
広大な待合室を埋め尽していた
あの老人たちの大群はいったいどこへ行ったろう
みんな死に絶えたか　地にもぐったか
なかにはたしか知り合いもいたのに
あの連中のとりとめもないおしゃべりがもう聞けなくな
り
相づちに気の抜けた返答をする必要もなくなった
相手はどうせ　こちらの言うことなど

聞いてはいない　ひたすら自分の想いを追っている
それでも　もしかすると　あのゆるやかな会話のリズム
が
何かの救いになっていたかも知れないが

――革命いまだ成らず　たたかいが
あんなことで終った筈はないですな
形を変え　手段を変え　場を変えて
いくさは世の終るまで絶えない　むごい話さ
泣き女たちの泣き声ももう聞きあきた
腹を打ち地べたを叩いて歌ったのは昔のこと
いまや死はいたるところに身をひそめ
われらの踏む土地はことごとく墓
地雷がある　落し穴もある
忘れたかい　カンポ・サントがそうだったように
土は死人をすぐに腐らせ　忘れさせるもの
もっとも骨だけは　あれは別でね
掘ってみれば　どこからでも　傷を負った人骨が
砕けた武器と一緒に出土する

だが　それにしては息子どもの頼りなさ
いくつになって　いくつの首がとれるやら
老人恥を知らざるを恥ず　と
かつて恩師は著書に書き入れて
不肖の弟子に手渡され
照れたようなその識語が　こちらには
申しわけない　てのひらにもてあまされるばかりだった
が
気がつけば　帰る村などどこにあったか
老人の数がふえるように書物がふえて
私もふえた　もう遅い
あまりに長く生き　あまりに戸惑い
あまりに待合室をふさいでしまい
いまさら消えるわけにも行きそうになく
いまだにヒベルニアの海を汚し続ける
もういいかい
もういいよ

5　庭のしずく

――此の下に稲妻起る宵あらん
夏目漱石

ライラックの花ははや果てたが
イチハツはいまがさかりだ
ふだんは薄暗い窓の下の　そこだけが
不意の光を浴びたように見え
よそよりも季節の遅い庭を
それでも確実に何かがめぐっている

窓をあけて　薄雪かと疑ったほどの
桜の散り始めの朝が忘れられない
あの景色は美しかった
いつもの貧しい庭とも思えなかった
ほんのいっときのことでしかなかったが
芝生も植え込みも　いちめんに
うっすらと白いものに被われて

株ごとに開花期の違うツツジの
あるものはもう花がしおたれ
あるものはこれから蕾をふくらます
梅の実が　まだ小さいのに
一つ二つと落ちかかり
思いがけないところまで転がっている
いまのうちに拾っておかないと
どこで芽を出してしまわないとも限らない

この庭にはいろいろと埋めてやったものだ
死んだモズ　死んだヤモリ　死んだフナ
雨樋の裏の巣から落ちて冷たくなっていた
まだ産毛もない雀の子
一歳に満たずに眠りこんだ白い仔犬もどこかにいる
消えて行ったそれらのものたちの　薄れて行く記憶の間
から
毎年のようにユリが伸びて出る
夕食の膳にとノビルの根を掘るうちに
そんな何かをさぐり当ててしまわないだろうか

彼らはいまでも土の中で　同じ姿勢で
それぞれの想いを追っているだろうか
誰を恨むわけでもなく
愛されたか愛されなかったかにもかかわりなく
彼らよりもずっと昔の　花ざかりの野の中で
一頭の白い仔羊が血をしたたらせていたことなども知らずに
ただ　何かが満たされなかったと
そして体のどこかが寒かったような気がしたと
そんな思念だけを薄い煙のように漂わせながら

やがて　そういったものたちが芽を吹いて
虚空に花を咲かせるだろう
大きな花ではない　無数の小さな
たとえば　このひとむらのタイムがつけた花のような
一輪ずつでは目にもとまらぬほどにささやかで
しかし　全体が白く匂い立ってふたたび虫を呼んでいる
花

その香りがいま　私の坐るあたりにまで漂ってきて
木の葉の下にしずくをしたたらす
いや　遠い記憶に薄められた何かの味が
口の中にかすかにひろがる
こうしていると体のどこかが寒いような気がする
うっすらと白いものに被われて行くような気がする

6　飛ばない凧

——ねえ、羊の絵をかいてよ。
アントワーヌ・ド・サン＝テグジュペリ

いまでは顔さえよく思い出せない　四歳か五歳ぐらいの女の子
三十年あまり前に一度だけ出遭った　薄汚れた服の小さな娘
その子が　また　いまになって　なぜ
夜ふけの部屋をたずねて来るのか

Nevermoreと啼くカラスのように
仕事机の向こうの暗がりにうずくまるのか
窓の外では闇の中に雨ばかり降るというのに

その子は遅い午後の空き地で　ひとりきりで遊んでいた
あのころはこの街にもまだ空き地があり
私は幼かった息子を連れて　凧揚げをしようとそこへ出た

小さなヤッコ凧だが　糸を長くつけ　思いきり高く揚げてやろうと
息子を待たせて風を読み　ゆっくりと糸目やしっぽを調整した
広い空き地の向こうで　どこかの小さな女の子が
やはりしきりと凧を飛ばそうとして　うまく行かない
そんな様子が目に入ったが　それ以上気にはとめなかった

やっと息子の凧が舞い上がり　空に安定し始めたころ
その女の子がいつのまにかそばへ来ていた　見知らぬ子だが
どこかうつろな表情や　ちぐはぐな服装は
もしかすると知慧が遅れているかと見えた
その子の凧の惨めだったこと　紙はそこここが破れ
布紐のような尾を垂らし
太い有り合わせの糸が粗雑に結びつけてある
いままでひとりで悪戦苦闘していたらしいその子が
おじちゃん　と私に言った　あたしの凧も直して　と

こんな凧が飛ぶ筈もなかったが　そう決めつけては可哀想だし
息子の前でよその子に冷たくするのもはばかられた
息子には暫くひとりで糸をあやつらせておいて
私はその子の凧をいくらかでも調節しようとかがみこんだ
うん　この凧はねえ　ちょっと具合が悪そうだから
揚がらないかも知れないよ　とつぶやきながら
けれどもその子は　もう凧など揚がらなくてもよかった

らしい
誰かが自分にひとしきり力を貸してくれる
それだけで十分に嬉しかったのだろう
私が彼女の糸目に取り組んでいるうちに
不意に体をすりつけて来て　思いもかけない言葉を口走
　った
おじちゃん　好き　と

その言葉は　彼女が日頃どれほど見捨てられ　自分でも
そのことを知っているかを告げていて
私はほとんどうろたえた
かと言って　それ以上何がしてやれたろう
私は息子に声をかけた　なあ　もうじき暗くなるから
今日はそろそろ帰ろうか
それを聞くと　女の子も　飛ばない凧を地べたに引きず
　りながら
日暮れの空き地を　黙って別の方角へ遠ざかった
名前だけでも聞いておけばよかった

それほど遠くに住んでいたのでもなかろうから
その後の消息を　知ろうと思えば知れたろう
生きていれば　息子と同じに　もう四十にも届いている
　か
それとも　どこか　知らぬところへ連れ去られたか
だが　その子はいまもあのときの姿のまま　うつろな顔
　で
夜ふけの私をたずねて来て　たどたどしく言うのだ
おじちゃん　好き　と

7　透明な犬

——いいえ子供
犬は飢ゑてゐるのですよ。
萩原朔太郎

犬が行く
薄茶色の犬が一匹
川とともに曲がる堤の道を
緋色に燃えるカンナの群れに沿って

灼けたアスファルトが
趾裏に熱かろうに
脇目も振らず　舌も出さず
尾だけをゆるやかに動かしながら
ひたすらどこかをめざして行く

そのうしろから
同じ大きさ　同じ形の
透明な犬が何匹か
同じように尾を振って
同じ速度で続いて行く

あいつにも生まれたときはある
母犬の乳房を兄弟と分けあい　鼻を鳴らしたこともある
だがいまは　最初からこのままで世にいるのだという顔
　をして
用事ありげにすたすたと行く
透明な犬を何匹も引きつれて

犬には犬の影　カンナにはカンナの影
透明な犬たちにはむろん影がない

自分の透明さに耐えられなくて
人を殺してみた人もいるが
殺してみても彼はやっぱり透明で
どこにも彼の影は落ちない
殺された人は透明ではなかったのかも知れないが
殺されてしまえばこれもやっぱり透明になる

それはそうだろう　わかっていなかったのかい
あの犬には実体があるが君にはない
君は実体を見ずに役割だけを求めていた
だが役割とはもともと透明なもの
君は透明な街に住み　役割だけの人々にかこまれて
その透明さに苛立っていた　それだけのこと
殺人者という名も役割にすぎまい

苛立てば苛立つほど君の実体は薄れ
言葉ばかりがあとへ残る
大切なのは役割じゃない　君の食べた昼のおかずさ
こうしてカンナのそばに佇んで
犬を見送り　それを言葉にしようとしているおれも透明
　だが
あの犬の実体は　こことは違う場所に結ばれるんだ
どこかわからぬ　何年先のこととも知れぬ
おれなどのあずかり知らない虚空に

犬が行く
透明な犬たちに追われながら行く
尾を振り振り　はるか川下に遠ざかる
いまは堤の上の小さな茶色のしみとなり
陽炎《かげろう》の中へふっと消える
透明な犬たちも一緒に消える

8　必敗の野

——どこかよその国の
にぶい小さな物音だ。
ジュール・シュペルヴィエル

おれたちはみな手傷を負って
草の葉の蔭にうずくまる
蟬の声がまたひとしきり降りしきり
なまぐさく血が匂い立つ
動けない　動かない方がいい

勝つとか負けるとかは言葉にすぎない
生きのびることさえうつろに見える
殺せと言われて殺すことを思い
殺されるとなれば逃げまどう
そんな月日があといつまで続くのか

昨日まで小石を拾っては投げていた
すぐそこの河原へ出ることもできない
水は相変らず光って流れているが

あれを汲みに行く気力もない
どんな目が見ていないとも限らない

どうしてこんなに手足が痺れるのだろう
おれたちはやはり卑怯だったか
力もないくせに思い上がって
泡のような日々に浮かれただけだったか
風を自分の手柄とばかり思い込み

血の気の失せた仲間たちが
ひとりまたひとりと息絶える
閉じない瞼に蠅を這わせ
唇は泥と枯葉にまみれ
汗と排泄物の匂いにくるまって

ときはいま真昼　雷雨はまだ来ない
すべてを洗い流してはもらえない
草むらは蒸し暑く
死んだ者たちが腐敗し分解される

おれたちはそれをただ待つしかない

何が来ようとおれたちはたぶんそれまで保《も》たない
お互い埋め合うことさえできそうもなく
おれもまた収容だの埋葬だのはごめんこうむる
誰の情けに縋るにしても
このままじっとここにいたい　それだけでいい

ときおりまだどこかで銃声がする
生き残って憎悪をぶちまけている奴もいるか
弾丸《たま》が残っているだけでも羨ましい
あの乾いた音が妙にこだまするうちに
何かもっと大きなものに赦してはもらえぬものか

何をしても無駄だった　うまく行く筈はなかった
草の間に蜘蛛が小さな巣をかけている
そうやって時がめぐり　水が光り
旗を掲げた記憶ばかりがあとへ残り
蛇をかたどる古い寺院が密林に没して行く

泡がはじける　蟬の声が不意に薄れる
日の光がかげる　地面が沈む
おふくろはどこへ行った　おれを置き去りにして
遠くで　おれではない別の息子を呼んでいる
それもまたよかろう　おれはここだが

9　夏の終り

——暁はかならず
あかく美しいとはかぎらない　小熊秀雄

鳥は帰ってこない
岩の大きな群れを押し分けて風が吹き
白い帆も黒い帆もまだ見えない

鳥は帰ってこない
遠い昔にこの半島を去ったまま
どこの海を飛びめぐっているかの消息もない

人のいない浜を光と飛沫が水平に切り
波に棲む獣たちの鼻面が沈む

風にさからって舞うあの無数の小さなものの集団が
もしかして　鳥の千々に砕けた破片だろうか
それとも引きちぎられた草の葉か
少なくともおれの鳥は帰ってこない
板戸が鳴り　軒がきしむ
見てくれ　空には水銀が流れ
おれのアンテナは傾いて唸る

無駄だった
いくら待っても来ないものは来ないのだ
ランタンの灯油が尽きて
湯気に曇る食堂のガラス
テーブルに並ぶハムやチーズ
温められたミルク　見ず知らず同士がかわすおはよう
誰もが血のとまらない脇腹の傷をかかえて
うっすらとほほえみ

ふたたび無駄な一日への姿勢をとる

鳥は帰ってこない
岩に水は湧かず
遠い崖にきらめく塩の柱
そう　塩の柱　塩の剣《つるぎ》
一度ここから放たれて宙に舞ったものが
ここへ戻るとは決まっていない
容赦なく風が通過して
凝固した笞の時間がしぶきをあげる

あり合わせの白い壁　黒ずんだ窓の木枠
道には古いわだちが残る
ここを運ばれて行った骸《むくろ》もあるのだ
何もかもが靡いている　ただ一つの岬の方角へ
そして歌っている　風の上へ
細い声で
言葉のない声で
とり返しのつかない歌

チューブからやっとしぼり出される歌を

鳥は帰ってこない
もういい　二度と戻るな
傾いた海をいつまでもめぐっていろ
白い帆も黒い帆もまだ見えないが
もういい　どんな舟もここへ立ち寄るな
岩をえぐる風　裂かれる泡
夜明けの灰色の光もまぶしくない
おれがここにいる間だけがおれの時間だ
ゆっくりと海をかきまわしている大きな軸の
ほんの一回転の間だけが

10 干からびた星

——落葉よ　おまえは
明けの星に似る

瀧口修造

ちっぽけな十字の黄色い星が　いくつとなく

地べたに散らばって薄く干からび
虚空を漂っていた香りも消えて
キンモクセイの季節が終った
十月を自分の帝国と呼んだ背の高い詩人も
十月を待たずに姿を消した
いつになく大きな風が膝のあたりを吹き抜けて
僅かばかりの落葉をさらって行くが
干からびた星々は動こうとしない

むかし一度だけたずねたことのある　小柄な老人を思い
　出す
世間話のうちに　妙に口ごもって
もしかするとこちらに何かを託そうとしていたのかも知
　れないが
私はそれに気づかなかった
あるいは　気づこうとしなかった
私はまだ若くて　自分の関心ばかりを追っていた
その後まもなく老人は死んで
あのときの何かが何だったのか　もうわからない

あれはもしかすると重大な秘密
それを受けていたらこちらの物の見方が一変する
そんな途方もない代物だったかも知れない
大きすぎて彼も手渡すのをためらったのかも知れない
それともほんのつまらないこと
たとえば私の袖のボタンが一つとれているよといったよ
　うな
言っても言わなくてもいいことだったたか

それでも別れ際にその人は送って出て
門のきわの月桂樹のひと枝を　折り取って私にくれた
土に挿しておいてごらん　すぐつきますよ
それが贈り物で　形見となった
持ち帰った枝はたしかにわが庭に根をおろし
いまではたぶん親の樹よりも大きく育ち　葉を茂らせ
ひこばえをやたらにふやして刈り取るのが一苦労だ
薄暗い根方で　蜘蛛の巣を顔から払いながら
泥と汗にまみれて刈っていると
それでも月桂樹の芳香にだけは包まれる

こんなことを思い出したのは　あの老人が
星の形をした砂粒に見入る人だったからだ
指をこぼれる砂の粒がみんな星だとしたら
そんな砂浜に　さて　どうやって坐ったものか
天の星くずが見えない音楽を奏でるように
砂もまた　私の下で　声も立てずに啼くだろうか
そして　いつ　どんな潮の香りを漂わせるだろうか

キンモクセイのこぼした星々が
消えるように干からびて行くのを見守りながら
自分に受け渡されようとしたものがいったい何だったのかを考える
いつになく大きな風が耳のあたりを吹き抜けて
たあいもない世間話をさらって行く
私もまた　口ごもるだろう
何かを　誰かにゆだねようと思ってみても
その形のなさに　結局はためらうだろう
そしてただ　こう言うかも知れない

君　袖のボタンが一つ　とれているよ　と
あるいは　土に挿しておいてごらん　すぐつきますよと

11 帰路

——私はいつまでもうたつてゐてあげよう
立原道造

駅の裏手の　路地奥の
小さな自転車預かり所は
木立の中の掘立小屋だ
ビニールトタンに囲われてハンドルが並び
列車通学の生徒たちが
おそい午後　思い思いに自転車を引き出して
真っ赤に色づいたハゼをくぐり
松林の間を帰る
朝来た道をそのまま逆に

子供たちの帰って行った方角から日が暮れる
見えない大きな川が音もなく路地を流れて
土と同じ色のヒキガエルが一匹
薄闇の道端で　動かずにいる
冬眠に入るのを忘れたか
心地よくもぐりこんだつもりの落ち葉を掃きのけられた
　か
そのまま凍えるわけにも行くまいに
自転車がひとしきり去ったあとの静かな時間を
眠ったようにじっとしている

つまりはこれが　わが慰め　わが唯一の時
わが棲む街に並ぶ他人の家々
軒と軒との合間にともるただ一つのあかり
朝来た道をそのまま逆に
われとわが落ち葉の堆積に向かって
テールライトの妙に明るい自動車をやりすごしながら
物も思わずに歩くばかりだ
冷えてきましたな　ええ　今夜は　と
薄闇にすれ違う影が声をかけ合い

あのヒキガエルもいずれどこかに姿を消すだろう
ビニールトタンの小屋が夜ふけにはからっぽになるよう
　に
すべてが明日　また最初からやり直されて
そのとき　しかし　おれはもういなくなっている
そんな具合にことが運べば上々だ
おれの手からは菊のすえた匂いも立たない
いくばくかの小銭をポケットの中で握りしめ
もう一方の手でタバコとライターをさぐり
歩きながら一服つけることを思ってみる　それだけだ

見えない大きな川が道を流れて
おれの足もとを浚《さら》う　いつものことだ
流れにさからって帰路を辿りながら
いっそ流れに身を委ねることを思ってみる
それもまたいつものこと　いつものならい
冷えてきたな　今夜は　そう　呪文のように

何もかも変らない家並みと空き地
自動点灯する街路灯　そのひとつひとつが
海の向こうまで連なっているらしい

それでも子供たちは明日　また自転車を置きに集まるだ
ろう
女の子も男の子も　白い息を吐きながら
駅の裏口の階段を登るだろう
おれのまだ目ざめていないに違いない冷たい時刻に
ともかく学校にだけは行くために
――そうやっていつまでも川は流れ
尽きないおれの歌も流れる

12　田ごとの顔

――わがこころなぐさめかねつ
よみ人知らず

むかし田ごとに月が映った
いまは田ごとに顔が浮かぶ
月のように丸い顔　目を閉じた顔
名も知れぬ者たちのどれも同じ顔
向う側でもなく　こちら側でもなく
ただちょうど水のおもてのあたりに
笑うでもなし　泣くでもなし
何か言いたいことがあるでもなし
ただじっとこちらを向いている顔また顔

一枚の板ガラスに凍りついたそんな風景が
それを思い描く者の数だけあって
その数が道に雑踏する　順路はこちら
先に出ることもできず　ふと立ち止まることさえできず
同じ速度でひたすら脚を動かして

河岸《かし》に荷揚げされた魚のように
死体の数で数えられる者たち
彼らが何をなつかしみ　何を惜しみ
夢の中で何をおかしがって笑ったか

そんなことはもう昔の話
誰にも復元するすべのない物語
すぐそばにあっても遠い遠い出来事だ
こんなにも脆《もろ》い　こわれやすい
一息で吹き消される蠟燭が
願いの数だけ点《とも》されて聖母像を浮き上がらせる
いつ見ても同じ顔した聖母を

そう　顔という顔はどれも同じだ
目をつぶって何も言わないなら死んだも同じ
死んだまま運ばれて行くがいい
こちらもうっかり名乗ったりはしないさ
名乗ってもどうせ聞こえまい
名前などないことにして　新聞を畳んで
どこかの駅で電車から吐き出されるだけのこと

田ごとに月が映る　顔が浮かぶ
そして田ごとに水が揺れる
見ず知らずの顔が　いくつとなく
次から次へと浮き上がる
蠟燭の火の揺れる暗い堂内に
置き忘れてきた古い壁画　剝げ落ちた漆喰
虚空に舞う女たち　そして子供たち
そんな景色をかかえこんで　人に伝えるすべもなしに
あとどれほどの枯れ草を踏んで行かねばならないことか

遠い雪の山　鉄の扉
木枯らしに舞うカラスたち
そのカラスにも一羽ごとの名前などありはしない
番号すらなくて　あるのは数だけ
生き物は昔からみんなそうだった
頭だの　口だのの数で数えられ
よその国への贈り物になる　生口《せいこう》百人
どんなに泥深い田を内にかかえて
月だの顔だのを浮かべてみても同じこと
夜ふけ　不意に枕もとの電話が鳴って
ねぼけまなこで受話器をとると
失礼　番号を間違えました　と声がささやく

13 千年の帳尻

——十三番目が戻ってくる、それはまたもや一番目。
ジェラール・ド・ネルヴァル

大きなひとつのめぐりの輪が　あと僅かで閉じようとす
　るときに
（どこの暦の年だったか
それとも千年の収支の帳尻だったか）
ひとり　またひとりと　立ち戻ってくる人々がいて
血まみれの畑の畝《うね》から湧いて出る
どれも見知らぬ顔　海藻のような衣服を手足に垂らし
それぞれによろめきよろめき歩いてくるが
声には遠い聴き憶えがなつかしい
ああ　なつかしい
君　まだこんなところにいたのか　もうすぐに日が暮れ
　るぞ
冷えてこないうちに帰りたまえ　その方がいい
帰れといって　どこへ　何をしに
本はみな読みもしないうちに燃してしまった
この千年　おまえは何をしてきたか
どこの村はずれをうろうろとめぐっていたか
吹いてくる風は何も言わないし
いまさら悔いようもないのだが
おれより先に消えた何万という人々の
死にざまはいくらかずつおれにも責任がある　逃げられ
　ない
これが人のいう至福の期間だったのか
それとも千年続いてなお終りそうもない審判だったか
そんなことがおれにわかるものか　もしかすると生まれ
　る前の
途方もなく長い胎内の日々だったかも知れないな
母よ　あなたは幼かった私を見捨てた
それ以来　私の夕食はいつも貧しかった
いまここで一杯の葡萄酒にありついても
千年の渇きは二度と癒えない
乳と蜜の流れるのは　ここではないどこか砂漠の向こう

そこへ行くすべは私になく　行きたいとも思わないが
行ったとしても辿りつくころには乳も涸れているだろう
いちめんにひろがる塩の畑　カラスも飛ばぬ空
投げ棄てられた財布
同じ方角に同じ角度で傾いた塔　落ちて砕けた天井
それらすべてを焦がす業火がまだ訪れないというだけの
　ことではないか

遙か砂原の果ての街の盛り場で
いっときだけ喉をうるおしてくれたオレンジの搾り汁
（月桂樹は繁り　オレンジはたわわにみのり）
そして　せまい薄汚い市場《いちば》の通路をめぐった末に
片隅の日除けの下で茶を飲んで
見ず知らずの人々と吸い合った水煙管《みずぎせる》
あの街もいまは火の矢を浴びたか　それともしたたかに
　生きのびたか
所詮おれは　才覚もない隊商のひとり
立ち去ってしまえばあとは知らない
ナイフで削《そ》いで食べた羊の肉の味ももう忘れたっけ

こうして　いま人々は立ち戻り
私のそばを通過して　また歩み去る
十三番目の次は十四番目　そしてまた二十五番目
いくつものめぐりが過ぎたとしても
人々はまた別のところへ消えて行く
これが忘れられるということ　いや　最初から失われる
　ということか
私は何も持たず　何も失わず
星の形をした砂粒の中で
失うことの恐れに取り憑かれていただけだ
そう　恐れによって千年　私は生きた
そのめぐりももうあと僅かで閉じるのだが

（『めぐりの歌』一九九九年思潮社刊）

詩集〈わがノルマンディー〉全篇

わがノルマンディー

わがノルマンディー

私のノルマンディーは熟《う》れたチーズと密造シードル
村の旅籠《はたご》の昼食に出る小粒の泥臭い牡蠣《かき》
食堂の天井に吊った鼠よけの板の上に
日もちのする田舎パンが載ったまま忘れられ

私のノルマンディーは茶色まだらの巨大な牛ども
ゆるやかに傾く野の道を　従順らしく
白い歯の子供たちに追われ追われて
尾を振り　ときには啼き声をあげながら行く

私のノルマンディーは陽《ひ》を浴びた僧院の廃墟
それへ向かってゆっくりと川面《かわも》を揺れる渡りのはしけ
青空に映える真っ白な石材　その曲線が途中で折れて
川上からは双生児《ふたご》を載せた筏も流れてこない

森を抜けるといきなり崖の端《はな》　その先は海
水の彼方に落ちる太陽がぽたぽたとしずくを垂らし
あたりの陸地はすでに翳《かげ》り　沖合だけがなおも明るく
しかし間もなくすべてが闇に没するさだめ

詩人の名　音楽師の名も　いまは街路に残るばかりで
私のノルマンディーは舟底天井の木造教会
どこか遠くの石造りの鐘塔を夢に浮かべて
古い港の一角へ　ムール貝でも食べに行こうか

夏の想い

形のない風が　かすかに
かたわらを吹いて過ぎる
気づいたときは　すでに

去って行く一つの気配ばかりだ
記憶とはたったこれだけのものか
去って行く気配は　街路を曲がり
町はずれの大きな椎の枝をくぐり
小さな橋を渡って　あとは野の中へ
麦の穂を吹き分け吹き分け
ひたすらに滑って遠くなる

歌にもあるではないか　世の人々は
はかない楽しみに酔い痴れて
私たちを嘲る　と
だが私たちは必ずやよみがえる
よみがえったあとどうなるのかは知らないが
この世に記憶というものがある限り
たとえ形のない気配に過ぎなくとも
私たちは立ち戻る
ほんの一瞬あなたを立ちすくませるためだけにせよ
去って行く気配は　街路を曲がり
町はずれの大きな椎の枝をくぐり
小さな橋を渡って　あとは野の中へ
麦の穂を吹き分け吹き分け
ひたすらに滑って遠くなる

つぶて

世の人がわれらに石を投げる日
その日まで生きていたいとも思わないが
そういう日は必ず来て　われらはここを追われよう
石を投げぬまでも　稲荷の社《やしろ》の狐でも見るように
気味悪さ半分　不信感半分
たたりは嫌だが無視するにしかずと
顔を見なかったことにする　そんな日が
さすらいと言えば聞こえはいいが　つまりは無用
人々がせかせかと歩くかたわらで
じっとうずくまって日を過ごす

それが目ざわりだと言われても困るのだが

どこからかつぶてが飛んでくる
いや　あれは渡り鳥
今日にもここを立ち去る者たち
あとに残るのはカラスばかりさ

いつか必ずそういう日が来る
抜けるような青空にカラスばかりが羽ばたく日が

墓標

罪なくして死す　の墓標が
行く人の足を引きとめる
さようさね
人はしばしば罪なくして死し
また罪ありても死するならいだ
何をもって罪とするかは誰も知らない

ずっと上の　高い空を
昔ながらの風がわたる

誰がこのあたりを荒れ野と名づけたか
ここは世の始めからこうだったのだ
見わたす限り石くれと赤土ばかりで
ところどころに開墾の跡や
用水らしい窪みが残るとは言え
どれも地べたのほんのわずかな高低差
腹這いになっても見分けはつくまい
力尽きた人々が地から尽きれば
大地はまたもとの姿に戻る

罪なくして死す　と風が鳴る
昔ながらの風の言葉はそれだけで
羊一頭飼えない地表が
かすかな土煙にかすむ　その上へ
遠く山なみが浮き上がる
頂き近くには雪渓も見える

眺めだけは素晴らしいのだ　ここは
墓標もまた　いずれは土に埋もれよう
どれほどいとおしがられた者か　どれほどの
無念の死であったかは知らないが
怨みも風が吹き散らす　それだけだ
おれたちはただの過ぎ行く者
ほんのいっとき足をとめたにすぎない者
悪く思わないでくれ　こんな荒れ野に
生きようとした人がいたことにだけは帽子をぬいで
先を急ぐしかない　さもないと
こちらが野垂れ死にしかねない

秋は柿の実

いまここに一つの柴折戸《しおりど》が開かれ
踏み石が　ほんの三歩か四歩　私たちを
ごくせまい庭のさらに奥へと導き入れる
いまここに一本の枝がたわみかかり
それをくぐるために私たちは心ならずも身をかがめねば
　ならない
生け垣の外にはさざめきが行き交い
少し離れた地所には小さな石塊がひっそりと苔むしてい
　るが
紅葉《もみじ》にはまだ少し早いこの季節
何もない　何もない一間《ひとま》きりの藁屋根が人を迎える
そう　この藁屋根の下でかつて私たちは
言葉を思いつき　それを忘れ　また思い出し
先に行った人々のわざを偲び　またそれも忘れて
音もなく落葉に埋もれることを願ったものだ
秋は柿の実　だがそれもいつの間にかことごとく鴉につ
　いばまれ
斑点《しみ》だらけの葉だけがまだ梢に残っていて
このあたりは山あいでございますから
紅葉のうちからもう雪が舞うのです
とすれば柿の実も噛りかけのまま枝先でしなびるだろう
石くれはそのあたりになおもたたずむ気配だとしても

私たちの眠るのはここではない　あの山の
蔭のあたり　人の耳には聞きとれないほどの
かすかな低い地鳴りがとよむあたりだ
こうやって時が過ぎ　そそくさと季節は移り
茶をすすり
私たちの指先は柔らかくなるが
私たちの目は硬いまま残る
私たちの言葉は硬いままどうしようもなく残る

大聖堂へ

環状道路から大聖堂へ
ゆるやかに登って行く石畳は
遠いむかし　まだ若かったころ
あいつとよく歩いた道に似ている
道幅　傾斜　曲がりの具合
両側の街並みのたたずまい
その上へ　巨大な聖堂が高々と黒く
家々の軒のむこうを見え隠れする
日除けの店ではパン菓子などを売っているらしい
ここではない別の町の
この道とそっくりの坂の途中で
こっそりしめし合わせて落ち合ったものだ
頃合いをはかって登って行くと
あいつは坂の上から天使のように舞い降りて
道端で偶然出逢ったふりをするのが
二人のささやかな遊びだった
やあ　また逢えたね　とか
その場かぎりのでまかせを挨拶にして
あとは二人で坂道の続くかぎりを登ったり
続くかぎりを下ったりした
高みにうずくまる大聖堂が
その石材の全重量で家という家を押しつぶす
あいつにもその後ずいぶん逢わないが
どこかでいまも幼い天使を演じているか
そろそろ息が切れかかり
坂道は果てなく登り

大聖堂へのお参りも結構きつい
このあたりで引き返した方が無難かな
たどり着いたとして　蠟燭をほんの一本
あとは何を祈るあてもない
これほどの長い年月　ついぞ訪れなかったものが
いまさらここへやってくるとも思えない
あいつのために蠟燭をほんの一本
それも　思ってみるだけでいいではないか
失われた日々よ　もうおやすみ
それほどにこの坂道は
むかしの石畳とそっくり同じだ

白い蛾

大きな青白い一疋の蛾が
アクアチントの闇に舞い出る
身じろぎもしない梟が　首だけかしげ
棚の上からそれを眼で追う
蛾の胴のふくらみにどれほどの
卵が宿っているかをはかりながら

子供たちはそうやって
手をつないで一つになり　窓の下
真昼の街路を横切って行く
子供たちの髪は風に浮き
蛾の羽根のようにわなないて
真っ白い鱗粉をまきちらす

遠い　ずっと遠いどこかのくぼみから
この景色をうかがう鬼火がある
仕掛けたものがまだ作動しないのを
いぶかりながら　まばたきもせず
液晶の上で四つの指標が
一致する瞬間をじっとにらむ

家々の影は回転しながら伸びて行き
時は移り

扉のない銅の門柱のかげで蟬が鳴き
雨の降らない一日がたそがれる
梟が首をまわし　眼を動かして
飛び立つべき合図をなおも待ち受ける

聖女の首

間もなく刈り払われる枯れ草が
いまはまだ細々と歌っている
間もなく吹き散らされる白い煙が
いまはまだうっすらと立ち昇る
こんな街はずれの景色ばかりを
飽きもせずに眺め暮して
いつになったらおれたちの出番が来るのか
いつか来るとして　それまで待てるのか
背後の街では窓という窓を釘で打ちつけ
すでに火を絶やし　水も干上がり
この世に生き残った飼い犬たちと
この世に生き残った飼い主たちがうろつくだけだ
朽ちて行く羽目板の割れ目から
巣をくっていた虫の群れが飛び立つ
石畳が傾く
このあたりでオルゴールなどが聞こえたこともあったっけ
花を盛ってあったに違いない小さな鉢が
拾う人もなく転がっている
血の涙をこぼしていた聖女の首が
片頰をえぐられて天を見上げる
この区域はいま　立ち入り禁止
その有刺鉄線も垂れ下がったままだ
耳のためには何もない　と書いてはみたが
ここにはたぶん　沈黙もない
私語をかわそうとするささやきもない
流れるのは雲の下の枯れ草の歌
目に見えない風の冷たさ
それだけだ　たったそれだけだ
砕けた石に足をとられてよろめくとき

遠くを電車のようなものが音もなく滑って行く

越境

　海からしぶきが吹き上げる中を、赤さびの線路に放置されている一輌の客車。中には誰もいない。どうしてそれがそこに置き去りにされたのかはわからない。所属や回送先をしるした板がどこかに取りつけてあった筈だが、とうの昔に失われている。だいたいこの線路自体が、いまはもう本線に通じていないのだ。何かの引込線だったとしか思えないが、何のためにこんな波打際に線路を敷き、そこへ客車を引き込んでおいて、そのあとそれを忘れたままレールをはずしたのか。

　むこうの岩だらけの岬まで、人家は見あたらない。最寄りの町までは遙かに遠い。人目を避けるねぐらとしてはもってこいだろう。この中で息をひそめていれば、たまに街道を通る車からも、もっとたまに沖を漕いで渡る船からも、見とがめられる恐れはまずあるまい。幸い窓ガラスは割れずに残って、どれも一面に塩で曇っているが、外から気づかれないためにはかえって好都合だし、風だけは防げる。ためしに乗降口から覗くと、同じことを考えた奴が以前にもいたらしく、黄ばんだ新聞紙や何かの食べ残しが床に散らばり、かすかに酢えた匂いがする。そいつも結局は立ち去ったのだ。それもずいぶん前に。もう二度と戻ってはこないだろう。

　線路の両側は荒れた草地だ。枕木の間にも妙にぎざぎざの葉をもった草がびっしりと生えて、レールを被っている。この車輌が置き去りにされ、動かなくなってから、よほど長い時間が経っているのだ。車輪はまだ線路に載っかっているものの、これもすっかり錆びついて、おそらくレールから剝がれず、回転もできなくなっているだろう。どうせ動いたとしてもどこへも行けない。棄てられるということはそういうことだ。

　ざらついてべとべとする手摺りを摑んで乗り込んだが、まずいことに、その上で体を伸ばして寝られるかとあてこんでいたシートが一つ残らず取り去られて、座席の下の暖房器の配線がむき出しになっている。これでは寝ることはおろか、座ることもできない。しいてそうしたければ、そのための場所は床の上しかない。もちろん動力源につながっていない以上、暖房器は、かりにまだ生きているとしても役には立たない。便所のついた車輛であることだけは取り柄だが、便器も手洗いも泥まみれだし、水が出る筈もない。用を足すなら、そこらの渚へ人目を忍んで出る方が早かろう。

それでもこうして床に座っていれば、雨露はしのげる。立ち去った先住者も暫くはそう考えたに違いない。おれも暫くはここで過ごすとするか。潮鳴りがして風が押し寄せ、箱全体がぎしぎしと音を立てて揺れる。そんなとき、砂の積もった床に横になって眠れば、揺れながら国境を越えて運ばれて行く夢でも見るかも知れない。越えたとしても安住の地があるわけではない国境。へたをすれば待ち伏せされ、追いかけられ、拘束されるかも知れない国境。それでも人が勝手にそこを境とし、通行を禁止しようと決めた一線を、こっそり越えて行くほかないではないか。どこへ行こうとおれの居場所などあるわけもないのだが。

おれももう年をとった。老いるということは棄てられることと同じだ。顔なじみがいなくなり、こんなときはこうするものかと見習う相手もいなくなって、何かこう、霧の中を未知の水域へ漕ぎ出したような気分だ。この先どうなるかはおれにもわからない。国境を越えたって、その先にはまた別の国があるだけではないか。みんなそうやって老いて行ったのだ。棄てられた客車、棄てられた線路、棄てられた浜辺。あたりに茂る草。荒れてしぶきをあげる海。ここの先住者もきっと同じ目を見たのだろう。そしてやがてここにも飽きて、どこかへ立ち去った。どこへ。徒歩で国境を越えるのは危険すぎる。だがもしかすると、それが一番自然なやり方なのかも知れないな。おれもまたいつかはここを去るのだろうか。この棄てられた車輛を棄てて、あとにまた似たような誰かがやってきて乗り込むだろうことをうっすらと思い描きながら。

土饅頭

――陝西所見

遠く地平のかすむあたりまで緑いろにひろがる麦畑、そのところどころに灰色の土饅頭が盛り上がる。紙で作った花輪らしいものや、何かの供物も見えているから、あれはやはり墓なのにちがいない。ときには碑も立つが、それはたぶん埋葬からかなりの時を経てのこと。まあたらしい死者は、泣き女たちの声をまだ耳に残して、まあたらしいままに、なまなましく土をかぶっているのがふさわしい。

死者たちはそうやって、どこかの墓地に隔離されるのではなく、あとに生きる者たちのための畑の中で土に帰る。土饅頭のまわりはすぐに麦。花輪や供物はまもなく朽ちて、やがて刈り入れの鎌が訪れるだろう。機械で刈るのではあるまい。墓を崩してしまう恐れがあるからだ。それでも年月が経って、生きる者たちが死者を忘れる日が来れば、土饅頭そのものもいずれは形を失い、畑はまた一面に平らな緑いろの麦となる。いつまでも憶えておくつもりで碑を刻まれるよりも、そうやって綺麗さっぱり痕跡を消すことの方が、死者にとっては幸福なのではあるまいか。というのも、野の広さとこの土地の古さに比べて、土饅頭の数は僅かしかないからだ。すべての死者たちを憶え続けるとしたら、畑はことごとく土饅頭に埋めつくされているだろう。

忘れられるころには地下のむくろも腐れ果てて、あたりの土を肥やし、麦をいっそう豊かに稔らせる。それが死者たちの無言のつとめだ。転生などという甘い夢ではなく、自分をも自分の墓をもひたすらに消滅させることで、あとの世をいっとき潤す、それだけでいい。なぜなら彼らは死んだ瞬間から、とうに悟っているからだ、自分もまたかつては誰かに潤されて生きていたこと、そして自分のあとに潤う者たちもいずれは同じように消え去ることを。

それにしても奇妙な眺めだ、そうやってぽつりぽつりと現れる畑の中の土饅頭が、実は意外にも整然と、目に見えない一本の直線をなして配置されているように見えるのは。見渡す限りの麦の中で、どうやら死者を埋める場所はどこでもいいというわけでもないらしい。これがおそらくは風水というものか。とすればその一本の線に沿って、地下をゆるやかに流れて行くものは何だろう。いや、地下ではない。その一本の線に沿って、麦を吹き分けてどこまでも渡って行くものは何だろう。北の涯の黒い亀。南の涯の赤い孔雀。ゆっくりと、しかし確実に回転する空。それらすべてをけむらせて、どんよりと閉ざされている地平線。

生きている者たちが死者たちを忘れるころには、死者の方がもうとっくに、あとに生きる者たちを綺麗さっぱり忘れてしまっているだろう。無に帰するとはそういうことだ。人は記憶なしには生きられないが、記憶もまたほんのいっときの迷いのようなもの。畑のずっとむこうを未舗装の道路が走るらしく、そこを行く車が盛大に土埃をあげているが、その砂塵がいつか薄れておさまるころには、目の届く限りがまた一面に緑いろの麦となる。今年もきっと豊作にちがいない。

ベッティーナ　あるいは別の方法

ベッティーナ
別の方法が要るんだ　別の方法
ここにいまあるのではない別の方法
別の本
別の鉛筆
それが見つからない　これでは駄目だということしかわからない
おお　ベッティーナ
どこへ行った
このままではいずれすべてが行き詰まる

ベッティーナ
君を読んだのは百年も昔だ
おれは君を読み
君の内側から君を見た
そうやって見る君は途方もなく大きく
それこそ地平の彼方までひろがっていた

それが君の柔らかさだったか
でも君はおれの小さな外側しか知らないだろう　可哀想に
そのあとおれは押し戻されるように君から離れ
二度と君を読まずに来た
何という長い歳月　あの思いを忘れて暮したことか
ベッティーナ
おれに君はいなくなったも同じだった

だがいま　別の方法が要るんだ　別の方法
言葉を吐き出すための別の方法
別のリズム
別の音程
君がいまでもそれを差し出せるかどうか知らない
いまさら君を読み直そうにも君はいない
いたとしても黴が生え　背中が剝がれているかも知れない
おお　ベッティーナ
子供たちの吹く笛がかすかに響き
おれはこんなにも遠いところで眠りに落ちる
前後左右に迫る痛みと　見知った僅かの顔とに取り巻かれ
窓のガラスに北風を鳴らしたままで
別の方法　あとほんの少しで手に入りそうな
だがどうしても手に入らない別の方法
別の角笛
別の笑い声
ベッティーナ
君にはもう二度と会えないだろうが
なおもおれを誘い立ててやまない別の方法

一輪車で遊ぶ少女

花

すべての枝に白い花を噴き上げたとき

木は　二まわりほど大きくなったように見える
雪を残す国ざかいの山なみよりも
なお高々と舞い立つように見える
面《おも》を上げ
袖をひろげ
蓬髪をかすかに揺らせながら
それでも鎮まるまいと羽ばたくように見える
あるいは　途方もなく遠い時の底から
ことわりもなく呼び出された魂が
問いに答えずふたたび眠りに沈むべく
その場にうずくまるようにも見える
まもなく花びらは地に散り敷き
水は流れ
枝は葉むらに変って
その重みでしなだれるにちがいない
そのころには　私はもうここにいない
遠い道を行かなければならないからだ
国ざかいへ向かうか　それとも引き返すか
いっそ地の底へ垂直に降りて行くか

かつて　陽を浴びた枝々に真っ白い花が噴き上げていた
そういう木のある里があった　という
想いだけを痛みのように身にとどめながら

霜

散り敷いた落葉に
言葉なく霜がおりて
森の中の足音は響きをなくし
街の屋根がはるか私たちから遠ざかる
濡れた靴が冷たい　手袋はもっと冷たい
私たちの吐く息も白く冷たい
それでも裸になった梢の重なりが私たちを包もうとする
そう　こうして互いの襟だけを暖め合って
立ったままどろめたらどんなにいいか
誰もいない森　時の動かない森の中で

日曜日

日曜日に生まれて日曜日に死ぬ女が
日曜日を殺すために街を行く
並木は緑　桐の葉が裏返り
暑い陽射しが建物の壁にこだまする

日曜日を生きるのは至難のわざだ
どこからも電話がない　メールもこない
目をつけた店もあらかたは閉まっていて
次の給料日まではまだ幾日もある

それでもどこかで人はあくせく働くらしく
路面の照り返しが睫毛《まつげ》にまぶしい
脱ぎ捨てた洗濯物の山がふと気になるが
なに　夜になったら全部片づけてやる

日曜日の真昼はきりもなく長くて
どうせ映画館はガラあき　本も読めない
晴れた空から不意に大きな声が降ってくる
でも響くばかりで何のことだか聞きとれない

こんな具合にずっと昔も　たしか真昼に
煙たい声が聞こえてみんな泣いたというが
そんな話が本当にあったのかしら
道を歩けば汗をかくばっかりなのに

あたしは日曜日に生まれて日曜日に死ぬ
誰のお世話にもなるつもりはないけれど
この世界はいったいどこまで続く気なのか
七日目ごとの空白を律義にくり返し

家々の屋根が……

家々の屋根が濡れて光って
崩れ残る楼台の影も動かず
人の世がどこまでも静まるとき

その　モノクロームの景色の中を
さわさわとひろがってゆくさざなみがある
夜にはどの猫もみんな灰色　と
遠い昔のことわざは言うが
いま　私たちの血は青く透きとおり
爪の先からしたたるばかりだ
眠ってはならぬ
夜明けまで目をあけておらねばならぬ
だが　その夜明けはいつ
どんな具合にここへ来るのか
それまで呼吸は途切れずに続くのか
ぽたりぽたりとしずくが垂れ
遠い昔からの街がまだひっそりと横たわる

手あぶり

夜の奥の灰の底の　ほのかな埋《うず》み火へと
かじかむ指をかざしたとき
それは　手を暖めるためだったのか
それとも　その　よるべない
たった一つ残った火種を
吹き消さぬように守るためだったのか

いずれにしても　そのままで
静かに息が凍えてゆく

てのひらにさからわない
小さな小さな乳房の重み

引地川《ひきじがわ》

蜃気楼《しんきろう》の漂う渚へ向けて
しらじらと川は曲がって行く
日の出橋　それから稲荷橋
夕凪が蒸して視界を包む
人よりも賢いものは

とうの昔にここを去った
人よりもしぶといものは
そこらあたりの草むらにいまもひそむか
擦りガラスごしにひろがる景色のように
潮がゆったりと川面《かわも》を持ち上げ
龍宮橋　そして鵠沼《くげぬま》橋
行き交うもの　さらに　ひきもきらず
水はひたすらに重く
笛は遠く
立ちこめる靄《もや》は霽《は》れるすべなく
鴉ばかりがさっきから啼き立てる

石段道の眺め

ゆるやかな石段道にゆるやかな雨
低い土塀のうしろの植え込みからは
湿ったものの匂いが立ち籠める
ゆるやかな石段道をとぼとぼと
登ってくる人の買物袋
ところどころの踊り場でいっとき息を入れながら

坂の下には　雨などにかかわりなしに
白い四角い建物を並べた街　墓地をさながら
あちらこちらに卒塔婆に似た広告塔が立つ

かつては　ひろびろと水の景色に
黒い瓦屋根が細かく波立ち　ときには光り
鳩が舞い　幟《のぼり》が流れ　その中へ
大浪のように寺の甍《いらか》が持ち上がっていたが

いつか砂がすべてを埋めた
風のまにまに吹き溜まり
草を枯らして根を絶やす砂が

一輪車で遊ぶ少女

一輪車で遊ぶ少女は　並び立つ集合住宅の
棟の間を漕ぎ出して
日溜りへ
枯枝の影と　落ち葉と　煉瓦の目地の
入り組んだ網目の中へ乗り入れる
バランスをとろうと腕をひろげ
細い背中をよじるとき
うなじが一瞬　光を撥ねる

眉のあたりに力をこめて
人声のない　乾いた広場を
二度めぐり　三度めぐり
まだ描かれたことのない軌跡をなぞりながら
その糸を遥か遠くまで伸ばしてやる
時も日差しも移らない　束の間のこと
もっと大きな傾きに誘われるように
彼女はひたすらペダルを踏み
影を踏み
自分だけの回転木馬を黙々とまわし続ける

まごむすめ

くさめくさめ
わがまごむすめ
私の記憶の棗《なつめ》の中には
生まれたばかりのおまえがいまもいて
窓に涼しい風が渡ると
彼女もやはり嚏《くしゃみ》をする

そう　私の顔を見るとぴょんと跳ねる
目も鼻も頬《ほほ》もくちゃくちゃな女の子はどこへ行った
公園のブランコや鉄棒の
とめどないお喋《しゃべ》りに変りはないが
その歌が次第に私から遠くなる

子守に背負った人形　おはじき代りの碁石
いくつもの遊び道具を置き去りのまま
抱くにはもう重く　いまさら抱かれたがりもせず

けれどわが記憶の棗には
生まれたばかりのおまえがいまもいる
月夜の庭の芝生の上で
私の腕に丸くなって眠った彼女が
それを揺すって歌った私の歌が
嚏といっしょに思い出される
くさめくさめ
わがまごむすめ
さてもこの週はいつ終るのか

風のむこう

これほど風のすさぶ土地にも
そこを故郷とする人がいる
風はなだらかな裾野を吹きおろし
そこを過ぎてもっと遠くへ
砂埃にけぶったまま果てしなくひろがる野の方へ
とめどなく押し出して行く

だから人は　野の果てから故郷へ帰るには
いつも風に逆らわねばならなかった
機関車は闇に火の粉を散らさねばならなかった
帰ったからといって　風と水と石くればかりの
広い河原が待っているしかないのだが
それでもそこは　人が若かったころに　ひとり
遊び暮らした幸福の場所であるには違いない

風はいまも変らず渡って行くが
その風の奥に　あのころにはなかった欅《けやき》の並木道が
ムクドリを賑やかに宿らせる
新しい道路が開かれて
樹木がみんな伐られたことを嘆いた人は
その重く繁る並木の下を　さて　どんな思いで歩くだろ
うか
それとも　河原に近い松林の
もっとずっと高い枝に風が鳴る方を好むだろうか
袷《あわせ》の腕を組んで　遠くを見て
どこへもう　外《ほか》の行くところさへありはしない　と
悲しげにつぶやくだけだろうか
そうつぶやくことができるうちはまだしもよかったのだ
が

そう　人はつまり無用の存在だった
高名な医師の家の愚かな息子
遠い国の調べを追って　浮かれ歩いて
一銭で売るべき無用の本を書き続け
何かをしようとするたびに追い詰められて
岸辺から追い落とされんばかりだった
だが、おのが一生を敗亡と断じたとき　人は
それをただの過失だったと　本当に信じたのか
父の墓前に首を垂れ　世の人々に謝罪する
そうなれば　あとは湖水まで坂を駆け降りるほかはない
敗亡の道ならばそのあとも多くの者が辿った筈だ
その長い列がどこまで続いたか
この世の悲惨の味にまみれた新しい詩がいつ生まれるか
その日まで生きていられなかったのは
人の責任だとばかりも言えなかろうに

窓ガラスをひとしきり風が揺さぶり
人気《ひとけ》のない廊下のはずれから
じぼ・あん・じやん！　と時計が響く
まどろむ者の夢の中では
その錆びついた音だけがあとへ残る
じぼ・あん・じゃん！　じぼ・あん・じゃん！
まるで葬列の音楽じゃないか

まあいい　どうせそんな音しか私たちは残せない
万国の言語を話すという金属の喉のしわがれぶりを
音のましるしとどめておきさえすれば
そんな狭いところへ追い込まれた何者かが
なおも生き続けるべくそこにしがみつくだろう
歌うのだ　時計　唸るのだ　風
君らの叫びの中にしか　もはや人の居場所はない

風の中で人は孤独だった　どうして孤独でないわけがあ
　ろう
孤独なんぞにおちいらぬよう
充分に手を打っておいたつもりでも
その手がことごとくはずれたのだから仕方がない
飢えた者はまだたくさんいる
飢えた者はみんな孤独だ
もう忘れてくれ　荒ぶらずに鎮まってくれ
その青銅の目を大きく見開いて
半世紀あとにまだ負けいくさを続けている者たちを哀れ
　んでくれ

私は今日　小さな荷物をもてあましながら
街のはずれが不意に河原へと落ち込む橋のたもとで
吹きつのる風のむこうを眺めようと瞳をこらす
目路の尽きるあたりから何がくるのか
それとも何もこないのか
目に力をこめればこめるほど風がしみて
涙だか目脂《めやに》だかが視野を曇らせる
あの欅並木もぼつぼつ葉を散らすころだ
ムクドリはもうどこかへ去ったろう
ここは私の故郷ではないが
故郷へ行けば私もまた孤独でいるしかあるまいな
そんなものを淋しさと呼んでいいものかどうかは知らな
　いが
人はそう生きた　それしかなかったのだ

むなしい塔

――渋沢孝輔の思い出に

そう　私もまた塔を建てよう
陀羅尼経を収めた百万塔の
ほんの一つくらいの大きさの　ささやかな塔を
失われたボーヴェーの塔　あるいは
いつかロッテルダムで見た巨大な塔の絵
それに近い構想だけはいまだにあってても
そんなものを建てる力はもう残っていない

病室の窓から詩人は何を眺めていたか
モンスの監獄の上の静かな青空か
それとも　愚かしいわざくれが崩れたあとの
虫食いだらけの街の　屋根また屋根
私はいま何も眺めていない
目に映るものはあっても何も見えない
私が初めて何かを眺めわたすのは
きっと　やはり病室の窓からだろう

黙って立ち去った詩人よ　あなたの
最後に伝えようとしたものは何だったろう
孤立無援のうちに死んだ　もう一人の昔の詩人の
ゆかりの公園をレインコート姿でひとりぶらつく
あなたの不確かな足どりがなつかしい
ポケットに入れた両手を
ときには意味もなくひょいと出したりして
だが　あなたはその手に何も持っていない
意味もなくそれをふたたびポケットに戻すだけだ

――思うという行為が私に来る
そう　いっそ塔よりも巨木にするか
しなの木　でなければ　ははき木
育つのに何百年かかってもいい
この境内にも欅《けやき》と楠《くすのき》がそびえていて
欅はまだ枯れ枯れの梢をさらし
楠は常緑の葉を房のように盛り上げる
むこうの陽だまりには紅い梅もちらちらして

そして　長い孤立無援の日々だけが私に残される

（『わがノルマンディー』二〇〇三年思潮社刊）

〈未刊詩篇〉

落葉

落ちた葉を掃き集めるのは
なるべくそれを部厚く盛って
その上に坐りこむためだ
これで　大地の冷たさが尻にしみるのも
いくらかは凌げるだろう
昔ならこんな枯葉はみんな燃やして
風に背を向けたまま暖をとったり
芋を焼いたりしたものだが
いまはもう　街なかで火を焚くにも許しが要るし
かじかむ指をこすり合わせるすべもない
これが本当におれの午後
歌うべき至福の時だったのか
それとも　なつかしい擦り切れた音楽が
しきりと思い出されるだけのことなのか

日脚が早くも傾いて
何かこう　遠くへ遠くへと逃げて行く
すべてがだんだん遠くなる
帰りゃんせ　帰りゃんせ　と幼い声が唱える
それもそうだっけな
そうやって誰も彼もがどこかへ行ってしまうんだ
冷えきった地面に部厚く盛り上げた
落ち葉の中にいるおれを残して

（「現代詩手帖」二〇〇四年一月号）

遅い昼食

車の行き交う街道から少し入って
日陰につらなる生け垣のあたり
そこに私たちの今日の昼食の場がある
磨かれた板の間に小さな膳が並び
まずは運ばれた茶をゆっくりと啜りながら
私たちは待つ　束の間の口のすさびを
箸を割り　杉の香を嗅ぎ　小径に目をやり
ふとまつわって来る虫を追い　盃を伏せ
言っても言わなくてもいい言葉を交わす

言葉など何ほどのものでもないね　小皿の上の
ささやかな突き出しほどの値打ちもない
蕨か　ぜんまいか　それとも菜の花か

軒端に静かな時が移り　虫が舞い
陽の射す廊下に誰の足音もなく
かすかな眠気だけが瞼を重くする

私たちは待つ　まもなく運ばれる
遅いからこそ手を合わせたくなるだろう昼食を
椀の蓋をとれば湯気　その向うにはさて何が見えるか

（「現代詩手帖」二〇〇五年一月号）

不機嫌な目覚め

一晩中したたっていたしずくの記憶
窓の外にただしらじらと立ち上がる光
濡れたまま垂れている何本もの指
とうとう眠れないまま暖まらなかった寝床
かろうじて浮かび漂う枕
不機嫌な夢
不機嫌な木の葉
いつまでも枯死しない黴
頃合を見計らって坐り込む膝
そんなものばかりがおれの周囲にあって
すべてが朽ちるまでにはまだ相当の時間がある

このままじっと待っているほかはあるまい
これ以上叫ぶことなどしたくない
怒りたくない
怒ってもろくなことにはならないよ
わかっている

背中の痒みのようにわかっている
あれはいつやって来ていつ立ち去るのか
手を伸ばせばこわばったシーツの冷たさ
大きな重みに挟まれて動けない
持ち上げることさえできない自分の肘
いつもこうして少しずつ夜があける

おれはうつ伏せだったかそれとも仰向けだったか
頸が凝り二の腕が凝り脇腹が痛む
別に凄惨な夢など見たわけでもないが
それでも体のどこかが竦んでいるようだ
広大な庭園のゆるい傾斜を
ゆらゆらと降りて行く青い雨傘
セージが咲きサルビアが咲き
何も匂わない
鳥も啼かない
向うに海が覗き遠く島が覗き
そんな景色のもたらす何というとりとめのなさ

とにかくうずくまってやり過ごそうか
この部屋のもろい寒さの時間
伸ばした手にまさぐるタオル
それがおれをどうにか起き上がらせて
窓の外の雨を承認させ
空しいとわかっている一日をあらかじめ耐え忍ばせるまで

（「ユリイカ」二〇〇五年一月号）

時の刻み

どこか遠いところから届いてくる
時の刻み　そのおだやかな
しかし押しとどめられない歩み
汁の中で煮崩れる肉片のようにとろけて
とりとめもつかぬ　物の形の数々よ
私はここにいる　だがここはどこだ
ここへ来てなお　誰もいない野の夢を見るやましさ

だが　それとともに
誰からも呼び立てられないことのやすらかさ
私に残るのはこの　ほんの小さな景色だけらしい

旅をここに終えるべく伏せる者に
時の刻み　その執拗な
遠ざかるでもなく　近づくでもなく
ひたすら私を宙吊りにするリズム
このまま沈んで行ってもいいし
起き上がる必要などはない筈なのに
朝食後に十一種十二粒　昼食後に二粒
そして夕食後には六粒
これらの薬を飲み込むことで私はなおも生きてはいるが
しかもその薬の紙袋までどうしても手が届かない

ここがどこかを知らぬまま　私はまだここにいて
記憶をまさぐることはできる
どんなことでも思い出すことだけはできる
帰りたい　早く帰りたい

私の本当に眠るべき場所に帰りたい
時の刻み　その単調な
どこへ到達するあてもない進行のまま
薄闇の中で眠れずにいても
だからと言って覚めているとも言えないな
記憶はすべて私の中に宿るだけだから

眠れない　だが眠らなくても夢は私を訪れる
一つしかない窓は締切られ
遠い昔の日々だけが　黴の匂いのように立ち籠める
愚かなことさ　何という無益な月日を重ねたものか
哺乳類の　霊長類の　人類の
モンゴロイドのそのまた枝葉の
これが求愛の　または葬送の
音楽だとでも言うつもりかい
時の刻み　その果てしない
連なりがいま暫くは続くのだが

（「現代詩手帖」二〇〇六年九月号）

泣きやまぬ子のためのアリア

遠く　時を超えたところから届いてくる
なつかしい戸口のような声を　ここで待つ

待ち人来らず　だがきっと来る　わかっている
間違いなしにここへ　私の窓を訪れる
それが来れば　皺くちゃの紙袋だけをあとへ残し
立ち去って二度と帰らぬこともできるのだが

夜は鈍く　昼は乏しく　水は濁り
光と闇の無意味な交代にはもううんざりだ
ただ一行の甘い言葉があればそれで充分
それを合図に　私は眠りの底へくだって行く

世を統べる者らよ　勝ち誇る藪の中の蛇どもよ
君らにも　だが　つかまらないモグラはいるぞ
私がここにこうしている　そのことだけで
君らの万能でないことの証拠となる筈

だが安んぜよ　私はここで立ち去るべき時を待つ
あのなつかしい声がひとたび届けば
海が割れて道が開くか　それともっと大きな闇か
どんな洪水が寄せるかを　私は知らない

空に唸る風よ　まだ暫くは吹き続けてくれ
遠くから届くなつかしい声を　ここで私は待つ

（「文學界」二〇〇七年一月号）

群衆の人

傘もさせないほどの人ごみを
やむなく雨に濡れて歩く
電光看板がつらなり　呼び声がひびき
どこまで行けばいい　このせわしない街
踏んで行く地面が濡れていようが
窪みに水が溜まっていようが
それを確かめることもできないままに
すぐ前の背中だけを見つめて歩く
とにかく雨は嫌いだ　それなのに
こんなところへなぜ出てきたのか
人の流れに身を任せ　というよりも
うっかり押されて転べば踏みつぶされる
その恐さから　必死で流れに歩調を合わせる
そう　群衆に混じるにも苦労はあるのだ

煙草をつけたい　だがこの人出では無理だろう
やっと銜えた煙草も雨に濡れるだけだろう
そう考えるまも周囲には人がつめかけ
これだから雑踏は嫌なんだ
出てくるんじゃなかった
部屋で寝ていた方がましだった
寒い　胃をあたためるスープがほしい
せめてカップ一杯のスープ
だが　そんなものがこの路上のどこにある
やけに肩幅のひろいコートばかりが

溢れた川のように流れて
両側に並ぶ店までどうしても手が届かない

こいつらは皆　押し黙ったままどこへ行くのか
流れの先がたとえば滝に落ちるのか
それとも　ぞろぞろと水に飛び込む豚か羊か
どうとでもするがいい　昔からずっと
こうしてきたのさ　性懲りもなく
ひたすら屠処に曳かれるだけが群衆の役割
ここで降りろと言われればよろよろと貨車から降りて
少しでも元気なやつからつまみ出されて消えて行く
残るのは老人　子ども　しゃがみこんで立てない女
それでもおれは残るぜ　たとえ仮病を使っても
残るんだ　こんなやつらと一緒に死にたくない
何が連帯感だ　聞いてあきれる
そしてやっぱり雨が降る
にせの群衆の上に降りしきる
雨

（「現代詩手帖」二〇〇七年一月号）

いつかきっと

いつかきっと私たちは　薄曇りの午後
テラスに椅子を出して二人で坐り
この小さな庭を見まわすだろう
鳥が啼き　風が通り過ぎ
あらゆる花が一度に咲くだろう
春先の沈丁花から真夏の百合まで
あらゆる香りがそれぞれに漂うだろう
なぜと言って　花の咲くのは
私たちの思いの中でのことだからだ
この世のどんな花束にもない一つの花！

おたがい何も言わなくても
相手が何に目をやり　何を思い浮かべているかが
手にとるようにわかるだろう
かつて私たちに未知だったものは　いま
どれもそっくり記憶の中のものでしかなくなった
それはそれで仕方がない

あとはきっと誰かがもう一度水を撒き
伸び過ぎた枝をつまんでくれるだろう
どこかで小さなものたちの笑い声がする
それもまた記憶の中の声なのかも知れないが

地上の楽園はとうに消え失せ
あるのはただの風景ばかり
そんなことに気づくだけでも長くかかった
草むらの蔭や地の底で
ゆっくりと腐敗するもの　発酵するもの
あるいは　いつとも知れぬ蘇生を準備するもの
もう半世紀もここに過して
まだ何のきざしも現れないのが
ほんのわずかな慰めだと言えば言えるが
――それにしても日々の歩みののろいこと

いつかきっと私たちは　午前のまぶしさに目を細め
二人でバルコニーに出て行って
海のおもてを見晴らすだろう

水平線に翳る島の輪郭が
金粉の散る波間に埋もれるだろう
マルセイユ旧港の沖にひろがっていた　あの地中海の
青！
それが予感なのか思い出なのか
そんなことはもうどっちでもいい　と
私たちは呟くだろう　ゆるやかに
ゆるやかに　時がいま静止しようとするのを感じながら
（「現代詩手帖」二〇〇七年十一月号）

消える音楽

捉える間もなく遠くへ消えようとする
私の詩よ
そうやって一瞬のあたたかみを
私のてのひらに残しただけで
おまえはもうどこにもいなくなる
ぶるぶると震える小さな船の中で

私は窓の外に流れる泡を見つめるばかりだ
桟橋を離れ　向きを変え
ゆっくりと河をくだり
やがて海へ出て速度をあげ
船は遠からぬ目的地へと進むわけだが
そこに何があるかを私は知らない

これが私の今だ
いくつもの詩を泡と流し続けて
ついには病みほうけて何も持たず
無一文で凍えているだけの
犬か猫のように寂しい生き物だ
飛沫が窓に打ちかかり
エンジンの震えが膝に伝わる
こうして黙って運ばれて行けば
それでいい　それだけでいい
目的地など最初からなかったのさ
私の詩よ
おまえは二度と戻っては来ないだろう

どこかへ渡航するわけだ　船に乗るからには
どこかへ流れ着くわけだ　桟橋を離れた以上は
だがそれはもうおまえとは関係がない
私の詩よ
おまえはどこへでも行くがいい
寂しい脳みそからおまえを生んで
そしてすぐに棄てた私のことなど
どこかへ忘れてしまうがいい
おまえの歌はもう私のものではない
私の詩よ
おまえがひとときどんなに美しかったか
それは私だけがたしかに見届けたから

（「現代詩手帖」二〇〇八年一月号）

詩論・エッセイ

詩人という井戸
――第七回「萩原朔太郎賞」受賞記念講演

「めぐり」というモチーフ

今度の私の本は『めぐりの歌』という題で、「めぐり」というのは時間がぐるっと一回りするということですけれども、実はこれは私が独創的に思いついたものではありません。私は、実は非常に独創性に乏しい詩人でありまして、大体が人の真似をしたり、人からテーマを借りたり、そんなことでかろうじて書き継いできた人間ですから、あまり偉そうなことは言えないんですけれど、かつてボードレールの作品を訳しておりましたときに、私は翻訳をするときはたいていそれで大変に勉強させてもらうわけですが、ボードレールの『悪の華』を訳しましたときに、あの中に「秋の歌」という詩があります。これは『悪の華』の初版、百編の詩からなっていたんですが、その中には入っておりません。初版を出した後でボードレールが書いて再版に入れた。再版は百二十六編からなっておりますが、その中に入っております。そして多分ボードレールが書いたその再版百二十六編の中の最高傑作ではなかろうかと言われている優れた作品ですが、この「秋の歌」はどんな詩かと言いますと、極めて人生に対する絶望の色の濃い詩でありまして、図柄としては美しい女性が、これは恋人ですが、一人椅子に座っています。その椅子に座った女性のひざの上に詩人が自分の頭をのせていて、そうやっていわば恋人に甘えかける、訴えかける。そういう図柄で書かれている詩なんですが、時期は「秋」で、「秋」というのはもうすぐ「冬」になる、つまり「一年」の一回りが終わる時間であります。それから、時刻は「夕方」です。「夕方」というのも間もなく「夜」になる、そういう「一日」の終わりの時間であります。そして最後にもうひとつ、私の頭をこのようにあなたの膝にのせておいて下さいと、そううたった後で詩人は、短い勤めですよ、と言うんです。つまり私の頭の重さをあなたの膝が我慢してくれる時間はもう後ほんのわずかでいいんだ、なぜなら私はもうすぐ死ぬから、というわけです。墓が待っている、と彼はその詩の中でうたいます。つまり「老境」「老いること」、これはまた「一生」というのをひとつの「めぐり」と考えますと、もうその次に待っているのは「死」であります。そうすると「一日」というサイクルと、「一年」というサイクルと、そして「一生」というサイクルがひとつにまとまる。そういう大きな時間構造を持った詩なんですね。私は自分でこの詩を訳しながら大変に感動いたしまして、いつか自分もこういう作品を書いてみたいと思いました。そこから「めぐり」というモチーフを発想したわけです。

したがってこれはまったくボードレールからの借り物でありまして、私のオリジナリティーでもなんでもありません。実はそういうオリジナリティーの希薄さということ自体を私はボードレールから学んでおります。というのも、ボードレールという人は、この人はフランスでは高名な詩人でありますから、もう縦からも横からも散々にいろんな学者に研究されてしまって、ほとんど研究の余地がないくらいに論じられております。そして、それらの学者は、ボードレールのこの一行はだれの何という詩のどこを借りたものだというふうな出典探しを縦横無尽にやっております。ですから今日それらの出典探しの論文に全部目を通しますと、ボードレールの『悪の華』百二十六編は全部借り物で出来上がっていて、彼のオリジナリティーはひとつもないのじゃないかというような気さえするくらいであります。中にはわざわざ『ボードレールのオリジナリティー』という本を書いた学者もいます。そのくらいに彼の作品には先行作品がたくさん横たわっている。まあそれはフランスにおける国文学界の常識みたいになっております。そういういわば先行作品がやたらにあって、本人のオリジナリティーは何処へ行ったんだというようなところまでを私はどうやら真似をしてしまったらしくて、今度の『めぐりの歌』はまさに自分でも意識しながらそういう先行作品をいたるところに埋め込んであります。そのつもりでもしお暇な方が読んで下さるなら、いろんなものをそこから掘り出されるのではないかと思いますが、そういう意味でも私は大変からっぽな詩人でありまして、人様の作品がないと自分の作品が成り立たないようなところが正直言ってあるわけです。

　これは誤解しないでいただきたいのですが、だからといって私の作品は、ここで礼儀作法に則れば取るに足りないものだというふうに申し上げるべきところでしょうけれども、私自身は実はそう思っておりません。詩というのは必ず先行作品があるものだ、先行作品がなくてすべてがおれのオリジナリティーであると詩人が誇れるようなそんな詩が一体成立可能であろうか、と私は思っております。何故ならば、詩は言葉というもので書くしかありません。画家がキャンバスの上に絵筆を走らせる、あるいは音楽家がピアノの上に指を走らせる、そういう具合に詩を書くことは出来ません。詩は言葉で書くんです。ところがこの言葉というのは、私の親だの兄弟だのあるいはその前にこの地上に生きたであろうたくさんの人たちの、連綿として伝えてきたものにほかならないわけでありまして、私がそれに何かの細工を加えるということは不可能であります。もし私がまったく私独自の発明にかかわる新しい言葉を駆使して何かを書いたとすれば、それはまったくのちんぷんかんぷんになってしまうでしょう。言葉というのはある意味で社会的な、そして歴史的な道具でありますから、それはすべて社会の、そして歴史の長い伝統の生み出した約束事によって埋まっております。

　例えばある種の動物を私たちは「いぬ」と呼びますけれども、それはそう呼ぶことになっていて、「ぬい」じゃいけないかといえば、いけません。絶対にいけないいんです。「いぬ」でなければいけないんです。「ねこ」でもいけません。ましてや「こね」では、なおいけない。そういう訳ですから、「いぬ」と言うときには「いぬ」と言うしかないんです。これは嫌でも言うしかない。だからある意味では詩人というのは、もし犬をうたいたければ、彼の前にご先祖たちが散々使い古した、この「いぬ」っていう手あかまみれの言葉を、嫌でも使うほかはありません。そういう意味では私に限らず世の中の詩人は全部、自分独自の言葉などないはず、からっぽのはずでありまます。そう思ってたとえば萩原朔太郎の詩を読んでみますと、むしろ彼の詩のいいのは彼がからっぽであるが故の尊さなのではないかという気さえしてまいります。

私も若いころは、詩人というのは何かこう実体のあるポジティブな人間像だと思いこんでおりました。これはロマン主義が悪いんです。ロマン派での詩人の姿というのは、人間の中のある特殊な才能を持った特別の人物でありまして、彼がしゃべる言葉はことごとく音楽になり、彼が書きつける文字はことごとく花になるというふうな、そういう特殊な存在であると思われておりました。だいたいロマン派の人たち、とりわけドイツロマン派の人たちはそう思っていたようであります。ところが時代がたつにつれていつの間にかそうではなくなりました。今申し上げたように、詩人が、実は自分で花なり音楽なりの実体を生み出すのではなくて、言葉を使ってそれをやらなければならない。そうすると詩人その人は決してポジティブな何かを持っているのではなくて、むしろ過去や周囲からそれらの言葉を受けとめたり、それらの言葉を自分のものであるかのような顔をして口に出したりする、そういうことについてとりわけ敏感でありさえすればそれでよいということになるのではないでしょうか。そう思いますと、私は詩人というのはつくづく井戸みたいにからっぽなものだなあと思って、今日のお話の題を考えついたわけです。

井戸のイメージ

最近の若い方で井戸っていうものをご覧になった方はいないんじゃないでしょうかね、多分。水道がどこの町にも普及して、最近は田舎の村、ひなびた村落のようなところまで上水道が普及しておりますから、台所で栓をひねれば水が出るのが当たり前と思っていて、中にはそういう水道栓の先の方が井戸のポンプにつながっていて、栓をひねると実は井戸水を汲み上げているというお宅も片田舎へ行けばないわけではないかもしれませんが、たいていのところは上水道です。そして井戸なんかがなまじ地面に口をあけていると人が落っこちたりして危険だということでたいてい上をふさいでしまいますから、仮に昔の井戸が残っていたとしても、今でもコンピューターの二千年問題なんかでライフラインが止まるかもしれないというので、自宅に井戸を保存している方がいらっしゃいますけれど、そういう井戸もこれが井戸ですといわれるものを見ますと、たいていは、地面の上に手押しポンプが一台据えつかっているだけです。ところが井戸の実体はあのポンプの下にあるわけでありまして、それはだいたい円筒形の空洞が地面に垂直に掘り込まれています。もし上のポンプを取りのけますとその井戸の空洞をのぞき込むことが出来ます。私は子供のころ、まだほんの小さかったころですけれども、夏に海岸のある村でほんの数日暮らしました。そのときに、つるべ井戸というのでしょうか、そういうものをのぞいたことがあります。海岸ですからあまりいい水ではありませんでしたけれども。とにかく空洞の上に屋根がかかっていて、その屋根のところに滑車がひとつあり、そこに綱を通して両端に桶がある。その桶を、片っぽずつ交互に水の中に降ろしてその水を汲む。井戸というもののイメージが、私はその時に出来たんですが、明らかに地面に掘り下げられた円筒形の空間で、上からのぞくと下には水がたまっている、そういうものでありました。

なぜこんな穴を地面に掘り下げるのかといいますと、この井戸の円筒状の空洞の内壁から地下水がしみ出して井戸の底にたまるわけですね。それを汲んで使うわけです。イタリアにオルヴィエートという町がありまして、これはローマの北の方百キロほどのところにある町ですが、これは不思議な岩山の上に立っています。山の上ですから水がありません。ここはその山が高さ数十メートルあって、まわりは断崖絶壁で、周辺の土地から完全に切り離された不思議な場所になっています。なんでもあの辺が戦争でやかましかったときにローマ法王がここへ逃げ込んで、籠城したことがあるそうです。で、ローマ法王、籠城したのはいいのですが、水がありません。今言ったように崖の下には敵が攻め寄せてきておるでしょうから、外へ水を汲みに行くわけにはいかないですね。どうやったかと言いますと、上から大きな井戸を掘らせました。丘ですから地下水にあたるまでというと、丘の高さいっぱい掘らなきゃなりません。大変深い井戸を掘りました。今日でも「聖パトリツィオの井戸」として、観光名所として残っておりますけれども、そんじょそこらのせいぜい直径一メートルぐらいの井戸ではなくて、直径が多分十メートル以上もあるような大きな井戸で、あまりにも深いから上にポンプを付けるわけにもいかず、つるべを下げるわけにもいきませんので、内壁に階段を刻んで、内壁をらせん状に下りて井戸の底まで行きます。そうすると底には水がたまっておりますから、それを汲んで水桶をろばに積んでまた階段を上がるんですが、その時に下りてくるろばと上がって行くろばが途中でクロスしたらどちらかが落っこちますから、階段が二重になっている。つまり下り専用の階段があって、それを下りて下へ行って、水を汲んだら今度は上り専用の階段で上がってくるという仕組みになっております。あの井戸を一度ご覧になると、およそ井戸というものがどんなものであるかよくわかります。

このほかに中東の砂漠、ここも水のないところですが、ここへ行きますと、カレーズという灌漑施設がありまして、これは地表は砂漠で砂地なんですが、その砂地のずっと下、十メートルとか二十メートルとか深いところに地下水脈を掘ってトンネル状の水道が通っているわけですね。それで、地面の上からその水道を流れている水を汲みたいと思うと、地面の上から垂直に狭い穴を掘ってそこから水を汲みます。ですからこのカレーズの地下水道が通っているところには砂漠の地上に点々と穴が開いていて、遠くから見ると、ああ、あそこに灌漑水路が通っているなということがわかるんですが、最近いろいろな国際援助などが盛んになったために、中東の砂漠にも盛んに水路を掘るようになりました。これは当然川のようにオープンな、地表に出た水路です。これの専門家の先生から一度お話を伺ったことがあるんですが、このような川を中東の砂漠の中に掘りますと確かに水は来る、水は来るのですが上からかんかん日が照りますので、実は川の両岸にべっとり塩がついてしまって、大変な塩害が発生するのだそうです。現にこれをどうしたらよいか、せっかく援助をして水路を作ったけれど両岸の塩害をどうすべきかということが、またあらためて国連あたりで問題になっているという話を伺いました。カレーズは昔の人の知恵ですね、そういうことがありません。地面の下を流れておりますから太陽の直射はありませんし、したがって水の蒸発もなく塩害も起こらないということです。

こんなふうにいろいろな井戸のイメージを思い描くことが出来ますけれども、もうひとつ、ディズニーの長編アニメの第一作として作られた「白雪姫」という名作がありますね。あれの冒頭のところで幼い白雪姫が継母から下女みたいに、水汲みとかひどい仕事をさせられながら、井戸に願いを込めて歌う場面があります。私が愛するであろう男性が、今日にも、今すぐにも現れて欲しい、そういう異性への憧れを歌うとってもいい歌ですが、これを彼女は井戸に向かって歌うんですね。そうすると本当に王子様がやってきて――という「白雪姫」冒頭の場面ですが、こういうふうに井戸は地面に単に穴が開いているだけじゃなくて、そこに願い事をするような対象でもどうやらあったようです。そういうことがあったからこそディズニーはあの場面に井戸を使ったんだろうと思います。

そのほかにも、たとえば、古い屋敷の中の井戸っていうのは、何代か前の娘がここへ身を投げて死んだなんていう伝説があるという自殺の場になったり、あるいはそこからお化けになって出てくるという、幽霊が登場する場になったり、こういった自殺をするの、お化けが出るの、あるいは願い事をするのというのは、全部井戸がポジティブな実体のあるものでは無くて、空洞だからではないでしょうか。我々は空洞というものを見ますとついそういうことを考えたくなるわけです。

そういうわけで、私はどうも詩人というのも井戸のようなものではないかと思っているんですが、では、井戸の中にしみ出す地下水というのは一体何であるか、それは地面の上ではありません、ずっと下の方に流れている、ある目に見えない水脈ですけれども、たとえばこの前橋のあたりだったらきっと井戸を掘れば、赤城山あたりからの地下水が来てしみ出すのでしょう。回りの土の中を通過し、ろ過され、そうして飲用に適するような美しい水になった、そういう液体が井戸の内壁から少しずつしみ出して井戸の底にたまる。これはすべてその井戸が自分で湧き出させたものではありません。よそから来たものであります。私が詩人を井戸にたとえるのは、実はこの地下水がよそから来るというところにあるわけで、この水が私たちの言葉なのではないかと思うわけです。単に言葉だというだけではありません。それはよそから来た言葉ですから自分の言葉ではない他人の言葉であります。そしてその他人の言葉が長く積み重なった末の、ひとつの伝統でもありますし、また過去の作品の集積でもあります。本当はこの辺をよく自覚しないとこれからの私たちは詩なんかおそらく書いていけないのではないかと思います。

詩人というものは空洞である

私もたまにはカルチャーセンターみたいなところに呼ばれて詩の話をしてくれと言われることがあります。そういうときに「そうですか、それでは過去の詩をどう読むか、たとえば萩原朔太郎をどう読むか、北原白秋をどう読むかというふうなお話でもしましょうか」と言いますと、カルチャーセンターの所長さんは、「とんでもない、そんな話はしないで下さい。カルチャーセンターのお客がどういう人たちだか知っていますか。みんな自分で詩を書きたがっている人たちなんです。詩をどう書くかを教えて下さい。それだとお客が来ます」。カルチャーセンターは民営の学校ですから生徒が来なければ経営が成り立たない。そんな過去の詩なんてあの人たちにとってどうでもいい、自分が失恋したら失恋の詩、自分が得恋したら得恋の詩、それを書きたくて来るのですから過去の詩の読み方なんてどうでもよろしいって言われちゃうんですね。私はそれはとんだ間違いだと思うから、では私は辞めさせていただきますって言って辞めることにしているんですけれど。どうも最近詩を書こうという方は、相変わらず、まだ詩人というものをポジティブな実体のあるものという誤解から抜けきれていないらしくて、自分より前にどんな詩が書かれているか、過去にどんな詩が書かれ、どんなふうに伝えられてきているか、それを読もうとしない、意識しようとしない、そんな勉強は面倒臭いと思っていらっしゃるふしがあるように思います。けれども詩人の実態は、私は井戸の方だと思います。井戸の内部に外から来た言葉がたまる。そのたまったものをどうやって自分の井戸から上へ汲み上げてもらうか、つまり読者に読んでいただくか、それが詩人の果たすべき勝負でありまして、独創なんてとんでもない話であります。詩人は独創的になれるわけがないんだというその認識から出発しないと私たちは詩を書くことが出来ないんじゃないかと思います。

そうなると作品の中には詩人自身が意識するにせよ、無意識でやってしまうにせよ、他の作品からの借用だとか、引用だとか、そういったものはいくらでも入ってくるようになるでしょう。かつて私も、自分をポジティブな詩人だと信じておりましたときは、そういうものが入りそうになると慌てて排除しておりました。「あっ、この言葉は萩原朔太郎が確か書いている、やめておこう」「これは中原中也がかつて書いたことがある、やめておこう」というふうに。でも最近は「ああこれは中原が使った言葉だ、これはいいから借りてやれ」というくらいの気持ちにやっとなりました。六十を越えてやっとです。そういうふうになってから私は前よりよっぽど自由に気楽に、そして前よりも多分よい詩が書けるようになったような気がしております。いちいちお断りしません。このところは萩原から借りました、ここは中原から拝借しました、なんていうことはいちいち書きません。そんなものは読む者悟れであります。そう居直っていいのだと、井戸は。井戸は居直っていいのです。どうせおれの水じゃない、よそから来た水だよ、と。

このように詩人というものは空洞であるということを言いたいのにはまだまだ傍証がたくさんあります。例えば高橋睦郎という詩人がおられます。大変いい詩人ですが、このかたが高見順賞という詩の賞を受けられたときにこんなことを言っていました。一体賞というのは詩人にくれるのか、詩にくれるのか。どうも詩というものがあって、これがマグマのようにあって、詩人というのはそのマグマの噴出口にすぎないんではないかと。これは明らかに空洞説ですね。さっきの私の井戸論に非常に近い考え方であります。そんなことをどこかへ書いておられたのを読んだことがあります。

それから一方、フランスの詩人にギヨーム・アポリネールという人がおりますが、この人が『虐殺された詩人』という小説を書きました。これは大変おもしろい小説なんですが、小説の終わりの方で主人公の詩人は群衆に虐殺されて死んでしまうんです。そして死んだ後どうなるかといいますと、この詩人には親友だった彫刻家がおりまして、この彫刻家はどうもピカソをモデルにしたものらしいのですが、パリの近郊の丘の上に行きまして、あの詩人は殺されて死んでしまって可哀想だった、ついてはあいつの墓を作ってやろうじゃあないか、というので、彫刻家ですから腕をふるって立派な墓石を建てるかと思いきや、地面に穴を掘ります。そして、その詩人の彫刻を作るんですが、それが地面の中でちょうど鋳物の鋳型のようにうつろになっていて、つまり内側から作った詩人の像を彫るんですね。したがってこの掘られた詩人の像というのは一種の空洞になりまして、そしてこの空洞は詩人の思い出でいっぱいであった、とアポリネールは美しく書いております。これなんかも一種の空洞説になるのではないかと思います。

このような考え方をすることによって、私たちは自分のオリジナリティーという思い上がりから解放されることが出来ますと同時に、いわゆる独りよがりからも解放されます。というのは、詩人というものの陥る一番恐ろしい罠はこの独りよがりだからです。なにぶんにも詩人は大変孤独な存在で、ひとりで何かを思いつき、ひとりでせっせと原稿を書き、そしてそれを作品の形に仕上げて発表します。この間の作業は非常に孤独であります。そういう孤独な仕事を毎日毎日続けておりますと、詩人はそのうちに、一歩間違えると、おれがいいと思ったからこれはいいはずだ、というふうな独りよがりに陥ってしまう可能性があります。それを避けることが出来ます。どうせこれらの言葉は人からのもらい物だと思うことで。

詩も「めぐり」の続き

それはまさにこの現代の膨大な分業社会の中での人間の生きざまにも合うのではないでしょうか。私たちは自分の田んぼを持ち、そこに自分だけのお米を育て、それを自分だけのお釜で煮て、自分だけで食べてしまう、そういう生活が今は出来ません。すべての食べ物はスーパーマーケットかコンビニで買って来ます。そうするとそのスーパーなどの先には私たちの目に見えない仕入先だとか、生産者だとか、そういったものの編み目が無限に広がっていて、それを食べた私も、食べたことで確かにその食べ物は私に消化されてそれで終わりかもしれませんが、その食べ物から得たエネルギーで私が何かをして多少ともこの世に値打ちのあることを、もし成し遂げることが出来れば、それはそういうお米の生産者から連綿と続いた編み目の一番こっちの端の糸をちょっと引っ張ったということになるわけであります。こういう世の中で詩を書いて、それを人に読んでもらって、そうしてそれが何か人様の間に目に見えない記憶のようなものになって残るとすれば、それは詩人にとって大変名誉なことでありますけれど、その大変な名誉を実は自分の力で成し遂げたのではない、あるいはこれからどう気張っても自分の力で成し遂げるのではないということを、私たちは肝に銘じた方がいいように思います。だいたい井戸を掘って置きましても、その底に水がたまる、汲んで飲むに適するだけたまってくれるのには、相当の時間がかかります。その水はたとえば赤城山のてっぺんあたりに降ったのであれば、この井戸のところまで来るのに何十年かかっているかわかりません。そういうものです。私たちはもっと巨大な自然の「めぐり」の中に辛うじて生きていて、今、ここで何かをちょっとばかり成し遂げたからといって大きな顔をする権利はまったくないわけであります。このように考えますと、詩人という井戸から汲まれた水がだれに飲まれ、あるいはどこへこぼされ、どう流れて行くか、あるいはどう蒸発していくか、というのも、さらに「めぐり」の続きになるわけですね。

空洞は共鳴する

私はよく、詩人が詩を書く、そしてそれを人に読んでもらう、ということは、放送局が電波を出すのに近いのじゃないかと思うことがあります。テレビを考えてみて下さい。テレビの画像っていうのは一枚の絵ですね。それが動いたりするわけですが、とにかく絵です。どんなにディレクターがいい絵をいい角度から撮りましても、そしてそれを電波にのせましても、この電波というのは目に見えませんから、受け取る側が受信機のスイッチを入れて、そしてその受信機のダイヤルを合わせておきませんと、その絵は映りません。もしだれも合わせなかったら、せっかく送った絵はどこかへ行ってしまうわけです。多分世の中にはそのようにして虚空に消えてしまった詩がたくさんあるんじゃないかと思います。たまたま運よくだれかがダイヤルを合わせていた、そこにその絵が映ります。このときに、いいですか、元の絵がそのまま移動するわけでは絶対にありません。電波になって飛んでいくだけです。目には見えない、何も見えない。しかし向こうで再生されます。放送局から送られてきた電波を、私なら私がテレビの受信機で受ける、そうするとこれは、ある意味では私の絵です。私が再構築したものだからです。もし私がこの絵を見て、ああいい絵だなあと思ったとしますと、実は、その私が感動している絵はテレビ局から送られて来た絵によるものであるには違いないんですが、同時にそれは私のところで出来た絵なんですよ。詩っていうのはこんな具合に、ストレートに、ちょうど品物を売り手から買い手に渡すように伝える、あるいは伝えうるものではないように思います。一遍虚空に飛ばしてしまってそれを運よくだれかが受けてくれて、そしてまた運よく受けてくれたそのだれかがその人の心から湧き上がるものによってその絵に感動してくれるかどうか。こういう極めて心もとない勝負しか詩人は挑むことが出来ないわけであります。

さっきの受賞のごあいさつの中でもちょっと申し上げたんですけれども、詩集なんていうものは、この大量生産の世の中にせいぜい数百部単位でしか印刷されません。売れないからです。もちろん大金持ちの詩人というのもおりましょうから、自費出版だといって自費で大量に印刷する、二千部も三千部も作るということは理論的にはあり得ます。あり得ますが今度は売ることが出来ません。せいぜい自分の家の倉庫に積み上げて置くだけでしょう。倉庫に積み上げられてしまった詩集というのは存在しないのと同じでありますから、何千部作ろうと無駄であります。というわけで多くの人はせいぜい数百部しか作りません。この大量生産、大量消費、本だってベストセラーで何百万部という世の中に、数百部の薄っぺらな本をこの世にばらまいて、これで自分の詩が伝わるなんて思う方が多分おめでたいと思わざるを得ません。おめでたいはずなんですが、うまくするとどこかでだれかがダイヤルを合わせてくれているかもしれません。そう思って私たちはその乏しい部数の詩集を一所懸命売りさばこうとするわけであります。こういう切れ切れの、どこから聞こえてくるのかもわからない、辛うじて途切れ途切れの無線連絡みたいに受信機に入ってくるメッセージというものを、アンドレ・ブルトンというフランスの詩人が『ナジャ』という小説の最後に近いところで書いておりますこれは実に感動的なパッセージでありまして、どうやら遭難しかけている飛行機が打っている無電らしいんですが、それが途切れ途切れに入ってくるという場面です。詩とはそういうものじゃないかなと私は思います。

かりに詩がそういうものだとすれば、それはまさに詩人が井戸の底から小さなげっぷをひとつつくような具合に自分の詩を地上に送り出そうとしている、それがたまたま運よくどこかの受信機にひっかかってくれるかもしれないということになると思います。さらには、井戸は空洞でありますから、さっきのディズニーの映画でも白雪姫が井戸の底へ向かって、彼が今すぐ現れてくれますようにと歌いますと、それは井戸の中にがあんと反響します。空洞というのは音を反響させます。こういう反響も詩の大事な構成要素であります。もし反響と呼んでおかしければ、共鳴と呼んでもよろしいでしょう。鳴るはずのないものが、ある音を受けてひとりでに鳴るんです。それはその井戸そのものが鳴ることもあるでしょうし、ひとつの井戸が鳴りますと、それと周波数の合っている別の井戸が自然に鳴るかもしれません。そういうことだって十分あり得るわけです。

詩の伝わり方

考えてみると私たちの詩の多くは『万葉集』以来、あるいは『百人一首』以来と言ってもいいでしょうか、あるいは西洋でなら古代ギリシャのサッフォー以来と言ってもいいでしょう、その詩人の詩集という形で伝わったものはひとつもありません。優れた詩が伝わるのはすべてアンソロジーに取られる、それで伝わるんです。そのアンソロジーというのは必ずそのアンソロジーを編纂するだれかがおりまして、自分の気にいった詩を集めて来て『万葉集』だとか『古今集』だとかいう「集」をこしらえる。そうすると伝わる。もうひとつ、古代ギリシャ以来いろいろ有名な詩人がおりますが、そういう詩人たちの作品というのは全部断片でしか伝わっておりません。それらの断片はどうしてそこだけ残ったかといいますと、別の人がこの詩はいいと言って批評みたいなものを書く、その中に引用されるわけですね。引用によって伝わる。日本でなら写本、つまりだれかが書き写したものによって伝わる。ですから古代のどんなに立派な詩人でもそれがストレートに伝わっているっていうことはほとんどありません。ピンダロスという大詩人がおりまして、この人の集は多少残っているらしいんですが、それでも全部ではありません。一部分にすぎないわけです。つまり詩というのは、後世に伝わるには、私なら私がたかだか五百部や千部の詩集を出して、それがそのまま五百年残る、一万年残るなんて、そんなばかなことはあるわけがないので、これをだれかが受けてくれて、いわば手渡しでちょうど防空演習のバケツリレーみたいに送ってくれることで辛うじて伝わりうるものであります。そうするとその時点で詩はすでに「作者が生み出したもの」から、「だれかによって再生されたもの」に変わっております。そのようにして伝わるものであるからこそ、私は逆に小説なんかよりも、ほんのわずかな言葉で出来た詩がはるかに人間の営みとして尊いのではないかという気がするんです。なぜならそこには目に見えない、名前も署名していない無数の人たちが介在するからで、たまたま私は自分の本に自分の名前を記すことが出来ましたけれども、こんな名前は何年かすればすぐ消えてしまうでしょう。でも、こんな名前が消えてしまっても、もし私の詩の一行なり半行なりがだれかに伝わってくれれば、それは私にとって子供や孫を残すよりももっとうれしいことになるはずであります。

私の好きな歌のひとつにシャルル・トレネという人が歌った『詩人の魂』というシャンソンがあります。これは有名な歌ですから多くの方がご存じだと思いますが、その歌詞を思い出してみますと「ずっとずっと昔に詩人たちが死んでしまったけれども、彼らの歌は今でも街を流れている」。「街」と書いております。「野原」とか「山」じゃありません。「街」を流れている。「街」というのは人が大勢集まるところ、一緒に住んでいるところですね。そして群衆はそれを半分上の空で歌う。作者の名前なんかはおぼえていない。また、その作者の心がだれのために脈打っていたかなんていうことも知らない。ただその言葉を上の空で口ずさんでいる。時には言葉の一部を無意識のうちに変えてしまう。そしてどうしても歌詞が思い出せないと、彼はただラララララと歌う、というんですね。私はこの歌が非常に好きで、特にこのラララララのところまでくるとちょっと涙が出そうになります。つまり、詩人の書いた言葉はもう擦り減って、歌い手の記憶にも残らず、忘れられてしまう。それでもラララララという響きが残ります。確かこんな詩だったよな、と思いながらも、うまく言えないから、歌う人がラララララとつないでおく。そこにはまだその詩のリズムやイメージの記憶が生きているんです。これは素晴らしい感動的なシーンだと私は思います。もしも私の詩が運よくラララでいいから伝わってくれたらこんなに幸せなことはないのではないかと思います。

動けない井戸

最後に、井戸にはひとつ、欠点があります。それは動けないということです。井戸は動けません。ですから、たとえば私なら私がここに掘られた井戸であって、この日本という状況の中で、この日本の現状がいかにくだらなかろうと、自自公連立がいかに嫌であろうと、そういう中で私たちは詩を書いていかなければならない。そうして日本語で書いていかなければならない。実は萩原朔太郎が日本語の悪口を随分言っております。「要するに、今の日本語といふものは、一体にネバネバして歯切れが悪く、抑揚に欠けて一本調子なのである」と『詩人の使命』というエッセーの中で言っていますし、あの名高い『詩の原理』の中ではこんなことを書いています。「実に現にある口語調の大部分は、殆ど何等の音律的魅力を持つてゐない。だれの詩を見ても皆同じく、ぼたぼたした「である」口調の、重苦しい行列である。それらの詩語には、少しも緊張した弾力がなく、軽快なはずみがなく、しんみりとした音楽もない、ただ感じられるものは、単調にして重苦しく、変化もなく情趣もない、不快なぬるぬるした章句ばかりだ。」というふうに彼は日本語の現状を呪いに呪っているわけですね。呪いに呪っていますけれどもやっぱり彼は日本語でしか書けなかった。これが動くことの出来ない井戸の宿命であります。たとえば私がどんなに日本語の現状に嫌気がさし、フランスっていう国はいいなぁと思って、「あまりに遠し」と朔太郎は言いましたけど今は飛行機というものがありますからすぐに行かれますので、いっそおれという井戸をフランスに掘ってくれないかと願っても、それは無理であります。井戸はまず自分で自分を掘ることは出来ませんし、第二に好きな場所に自分を掘ってもらうことは出来ません。実は私なら私が井戸としてここにいるっていうのは、これが私の宿命であり、私の実存であるわけです。そこから私は離れることが出来ません。これが井戸の最大の欠点であります。動けない、動けないから動きません、動かない。しかし時間がたつとどうなるか。いずれ私は死ぬことになるでしょう。これは人間である以上仕方がありません。そのときは、つまり私という井戸が埋められてしまうわけですね。でもきっとそのとき、どこか私に近いところに、また別の井戸が掘られるに違いない。ひとつの井戸が埋まり、別な井戸が掘られます。そしてこの新しい井戸はもしかすると、かつて私が響かせたのと同じ響きを、やはり井戸の底でぼわんと響かせるかもしれないんです。私たちは自分の詩が他人に伝わることですら、まるで電波のように空中に放つほかありませんでした。ですから詩人という生き物が後の世にも生き続けてくれるであろうかどうかということも、このような頼りない願いとしてしか持つことが出来ません。けれども、それでも、とにかく人間というのがこの地上にいて、そして言葉というものがある限り詩は書かれるわけです。なぜなら言葉というのは、単にその言葉が担っている意味だけで出来ているのではなくて、それらの言葉はその置かれた場所によって、ある種の音楽を奏でるからです。そして言葉が詩になるのはこの音楽の部分によってであります。

自分のリズムと呼吸で

私はかつて、さっきのご紹介にもありましたように通信社勤めをしたことがありますので、今でもふと「前橋乾繭後場一節」というふうな言葉が浮かんでくることがあります。これは当時の前橋、もう今はなくなったそうですけれども、前橋で行われていた生糸の乾繭、乾いた繭ですね、あれの相場、当時あの相場は日本の繊維産業にとってかなり大切な相場で、横浜生糸と並んで前橋乾繭というのは大事な指標でした。これがなにやら放送で入ってくるんですね。経済部のデスクの方から聞こえてくるんですが、私は担当者ではありませんから適当に聞いておりますと、今言ったように「前橋乾繭後場一節」というふうな言葉が聞こえてきます。言葉の意味は前橋の乾繭相場の後場、後場っていうのは前場後場、つまり午後の相場の、最初のひと切りという意味でしょうね。言葉の意味はそうです。しかし私にはそれは一種の音楽でありました。まだ私はこの言葉を自分の詩の中に取り入れたことはありませんけれども、音楽としてこれを操作しますとそこに初めて単なる前橋の生糸相場でない、詩の価値が生まれてくる。前橋の生糸が一キロいくらで取り引きされたかすっかり昔のことで記憶がありませんけれども、そんな価値とはまた別な詩的価値がそこに生ずるはずであります。そして詩というものがさっきのラララララのように、歌う人に、あるいは読む人に取りつくのは、まさにその音楽によってであります。その意味では音楽というのは素晴らしいものだと思います。実は、私の今度の本でも、――詩集とは呼びたくありません。全体がひとつの作品なのですから――。今度の本でも初めから終わりまであの本の低音部に流れておりましたのは、グスタフ・マーラーの『大地の歌』という音楽でした。レコードを聴きながら書いたのかと人に言われましたが、そうではありません。私は『大地の歌』という曲は好きで、もう何度も何度も聴きましたから、レコードなんか今さらかけなくても鳴らせたいときには頭の中で鳴らせることが出来ます。別に譜面なんか見なくても。とりわけあの最後の「告別」という三十分ぐらいかかる長い楽章がありますが、ここなんかはいつでも好きな時にほんの一部だけを取り出して頭の中で鳴らすことが出来ます。そういう音楽を聴きながらこの作品を書きましたし、この作品の中にはまだ、例えばオリヴィエ・メシアンの『世の終わりのための四重奏曲』とか、そういった私の好きな音楽がいくつもはめ込んであります。最初の第一の歌の中で「どこまでも引き伸ばされるチェロのような」と書いたのはまさにこの『世の終わりのための四重奏曲』の第五楽章でしたか、チェロ独奏でやる素晴らしい音楽がありますが、そこのところのつもりであります。

ついでに言いますとそのすぐ後ろに「ポルタ・ロッサ」という言葉が出てきますが「ポルタ・ロッサ」というのはフィレンツェのにぎやかな商店街の名前でありまして、プッチーニの『ジャンニ・スキッキ』というオペラの中に出てきます。オペラの中で女の子が出てきましてお父さんに、私は彼と結婚したい、だからポルタ・ロッサへ指輪を買いに行きたいからお父さんお金頂戴、と歌う有名なアリアですけど、その歌の歌詞の中にポルタ・ロッサという地名が読み込まれているのを知って、私はフィレンツェに行ったら是非ポルタ・ロッサというところへ行ってみたいと思いました。そして実際に行きました。極めて庶民的なにぎやかな、しかしそれ以上ではない商店街でしたけれども、私はそのポルタ・ロッサの現場を見たというだけで大変満足をして帰ってまいりました。そんなものを詩の中に遠慮会釈なく断りもなしに入れることにしました。

まあそんな具合に、音楽と言いましても言葉の韻律なんかにはあんまりとらわれずに、むしろ散文的な書き方を平気で使って自分のリズムと呼吸で書いてみたのがこの本です。それがこうやって今回萩原朔太郎賞に選ばれたというのは私にとってうれしいことであり、幸運なことであります。こんなことで今回の受賞の記念講演にさせていただければありがたいと思っております。どうもありがとうございました。

（一九九九年十月三十一日、前橋文学館）

作品は無名性をめざす

何年も前、この雑誌で読者からの投稿詩の選者を一年間つとめたときに、奇妙な経験をした。毎月のように巧拙さまざまな詩の生原稿を数百篇、それもその中から何篇かを選び出さねばならぬという義務感をもって読んで行くうちに、ときおり、どれかの作品のほんのちょっとした個所で、ほんの一瞬（というのも、そのような読み方だから、一篇の投稿にそれほど多くの時間はさけないからだが）、この言葉は削った方がいいんじゃないか、とか、おれならここはこう書きたいところだがな、とか、要するに原稿を推敲したいような気持が動くことがあったのだ。むろん私は、いくら投稿であってもひとさまの原稿である以上、勝手に手を入れることはしなかったし、こちらの中でそんな気持が動いたこと自体もすぐに忘れてしまうほど忙しかったのだが、あとになって、その月に選んだ分を編集部に報告しながらふと考えると、私がとにもかくにも自分の考える基準で選び出した作品というのは、たいていが私にそのような推敲の欲求を起させたものばかりだった。つまり私は、それらの作品を読みながら、一時的にもせよまるで自分がその作品の書き手でもあるかのような錯覚におちいり、そして、そういう錯覚を自分に与えた作品を自分の気に入った作品として選んでいたらしい。

伝統的な短歌や俳句の結社などでは、しばしば、その結社の主宰者が、指導者としての立場から、門下の作品に添削をほどこした上で発表することがあると聞くが、私の経験はそれとは少し違う。選者は指導者ではなくてあくまでも選ぶ人にすぎないから、添削などをする権利もないし義務もない。むしろすぐれた作品がそこにあるのに自分の偏狭さから見落してしまわないだろうかという不安の方がいつも先に立っていた。ただ、私自身がしばしば書き手の位置に身を置くものだから、作品への共感が私にはそういう形で訪れただけの話である。どうやら私の場合、作品を読むということと書くということとが、かなりの程度まで重なり合っているらしい。

この経験に照らして考えると、作品というものは、たとえそこに個人としての作者の署名があり、特別な題名がつけられていても、ひとたび読み手に手渡された瞬間から、ある種の無名性へ向けて動き始めているのではないかと思われる。作者の固有性やそれが書かれた状況の特殊性を徐々にそぎ落されて、直ちに万人のものとは言わないまでも、少なくとも誰かある特定の一人のものではないもの、したがって私のものであってもおかしくないものへと向かおうとするのだ。この動きがない限り、実は作品の享受ということはあり得ないのではあるまいか。たしかに享受者としての私は、ひとたびある作品に共感をそそられたとなると、次にはその作者の人となりをも含めてそれが書かれたときの状況に関心を引かれるだろうし、さらには同じ作者の別の作品を、それがその作者の作なるが故に読んでみたいという気も起すだろうが、始動時点における順序が逆になることはないだろう。また書き手としての私は、かりに自分の作品が他人によって剽窃される——つまり別の誰かがそれを自分ひとりのものとする——ようなことがあれば、著作権法を盾にとって抗議もするだろうが、これはまたこれで問題が別である。未知の作者や、遠い昔の、名前しかわからない作者の作品、さらには作者名すら伝わっていない作品でも、私たちは気に入りさえすればそれが自分の作ででもあるかのように口ずさんだりする。享受という局面までを考慮に入れれば、作品は、本来が無名のものであるとは言えなくても、絶えず無名性にあこがれることになる。しかも、作品としての特質自体はそれによっていささかも失われることなしに。

だとすると、享受者にとっては、一つの作品が一人によって書かれようと二人もしくはそれ以上によって書かれようと、第一義的にはどうでもいいことなのではないか——というのが、実は私の言いたいところである。寝言でさえ他の誰かに聞き咎められて初めて問題になると言えば、いささか言いすぎになるかも知れないが、複数人の作者による共作もしくは合作のみが作品の無名性を保証するわけではないし、またそれのみが言語を純粋化して現実に対して屹立させるわけではない。そういう純粋化された言語がもしも存在するとすれば、それは享受者がそれをくり返し愛撫し、絶えず再生することによって成り立つのではあるまいか。

遠い吟遊詩人の昔から、言語芸術というものはそういうものだった。共作や合作や相互改作の試みは、本歌取りだの歌仙だのを引き合いに出すまでもなく、享受の局面を制作の局面に組織的に参入させるという見地からすればたしかに面白い試みだし、書き手としての私も、誰か気の合った仲間がいたらちょっとまねごとをしてみたい気もするが、それがそこに生み出される言語の根本的な位相を違ったものにするかどうかはわからない。

「実際我々のうち幾人が詩に書いて人に示さねばならないほど偉大な我、或は風変わりな我を持っているだろうか」という森亮氏の言葉を、私はときどき思い返すのだが、もしかすると現代の私たちは、あまりにも制作者としての「我」に自己の存在証明を見出そうとしすぎているのかも知れない。私たちは、かりに自分ひとりで書きおろしたつもりの作品ですら、それを認知するのは実は享受者としての自分にほかならないという事実をしばしば忘れる。詩人というものは決して一方的な言語の供給者ではない。そのことを忘れないため、そして自分自身というものがいかに相対的な存在にすぎないかをときどきは意識にのぼせるために、詩人が意図的に前述のような試みをやってみるのはいいことだ。ただし本当に必要なのは、そうした試みを私たちのひとりひとりが真剣に内部化することである。

（「現代詩手帖」一九八五年九月号）

完璧な詩

ポール・ヴァレリー（一八七一～一九四五）はおそらく、完璧な、完全無欠の詩句が人の手で書けることを信じ、みずからもあくまでそれを志向した、最後の詩人だったのではないかという気がする。その信念と志向は、師であったマラルメから受け継いだものであるには違いないが、もしかするとその師以上に際立っていたかも知れない。マラルメの筆の運びのそこここにそれとなく漂っている、詩作という行為にともなうある種の含羞、もしくは皮肉をこめた微笑のようなものが、ヴァレリーの場合にはずっと少なくしか感じられない。彼の作品は、かりにどれほどの苦吟と推敲の結果であろうと、最初の一歩から堂々とまっすぐに動きだしていて、その曇りない明晰さは、まだ助走の段階から、遥か先の最後の着地点までをすっかり見通しているように思われる。

だから彼の作品には、およそどんな詩人にも時たま見いだされる、ほんの一瞬の筆の緩み、ふと訪れる密度希薄な一行、といったものがない。セートの「海辺の墓地」の墓石に照る陽光のまぶしさ、地中海の波の反映が、すべてを静寂のうちに等しい明るみの中に置く。たぶんマラルメをさかのぼり、ボードレールをさらにさかのぼって、高踏派と呼ばれた詩人たちの発想を、ヴァレリーは無意識のうちに継承していたのかも知れない。

こうした書き方と提示の仕方は、実は詩人の立場を、まず作品の素材に対して、次に作品の醸し出す音楽に対して、そして最後にはその作品を受け取る読者に対して、微妙に優越させる。むろん詩人は、その優越した台座の上に、傲然と構えたりはしない。それどころか、どこまでも謙虚に、いまそれを読み進める読者の気まぐれを容認し、穏やかにそれと寄り添う姿勢をとる。しかし、そこに提示される詩句の完璧さは、読者の側から見て、指一本触れることもできない最終的な結論となり、世界の決定的な把握の仕方となる。どれほどに隠微な主題を追う場合でも、どれほどかすかな吐息をしるしとどめる場合でも、曖昧なものやいかがわしいものは影すらなく、読者はそのすぐれた言語操作の巧みさに感嘆するほかはない。俗に「知性の詩人」と呼ばれる彼のいとなみは、そのようにして運ばれた。

いつだったか、私は、大海原に、
(どこの空の下だったかは忘れたが)
そそいでやった、虚無への捧げ物として、
ほんの少しの　貴重な葡萄酒を……

(「消えうせた葡萄酒」)

たとえば、軽い八音綴詩句で書かれたこのソネには、しかし歌謡や俗謡ののどかさはどこにもない。何気ない思い出ばなしの体裁をとってはいるが、ここに見られるのはほとんど古典の堅固さである。

誰がおまえを捨てたりしようか、おお　酒よ？
あるいは私は占い師に従ったのか？
それとも　心の不安にかられながら、
血を流す思いで葡萄酒を流したか？

この第二連にはヨーロッパのさまざまな伝承が素材として折り重なっているが、それ以上に、三つの疑問符を畳みかける切迫感が揺れ動いて、しかもそのすべてを観照する枠組みの静けさがある。というのも、これらの疑問に何らかの結論をもたらすことがこの詩の主題なのではなくて、本当の、もっと驚くべき結論がこのあとに導かれるからだ。

いつもながらの透明さを
一陣の薔薇色の煙のあとで
あんなにも純粋に　海はふたたび取り戻し……

この葡萄酒の消えたとき、酔ったのだ　波が！……
私は見た　潮風の中へ躍り出る
底知れぬものの形の数々を……

最終行の、あえて明示を避けた「ものの形(figures)」という表現には脱帽するほかはない。こちらの乏しい想像力をいきなり覗きこまれたようで、おそろしい詩を読まされたものだという感想さえ、ほんの一瞬だけ訪れる。しかし全体は澄みきって明るく、ひとときの座談のようになごやかだ。神秘だとか、不思議だとか、そういった超理性的なものが問題なのではない。いや、葡萄酒や大海原でさえ、ここではただの話題にすぎない。この作品の眼目は、そういったもののすべてを包みこんでいる言葉の運び、あるいは語り口である。いましがた述べた「詩人の優越」とは、そのような意味である。

そして、ヴァレリー以後、こういう書き方をする詩人はいなくなった。彼のすぐあとに出たフランスの詩人たちは、立体派文学の人々にせよ、ダダやシュルレアリスムの詩人たちにせよ、もっと自由で流動的な書き方を選び、その分だけ饒舌になった代りに、いつのまにか自分を優越させる足場を失って行ったように見える。考えてみれば当然だ。詩句が完全無欠の域に近づけば近づくほど、それを書き付けた詩人の特異性は次第に影が薄くなるだろうからである。かろうじての例外は、ルネ・シャールやイーヴ・ボンヌフォアぐらいのものかも知れない。

ことのよしあしではなく、詩というものの書き方が時代とともに変ってきたのだ。事態は私たちの国の詩の世界でも同じだろう。

だがそれならば、ヴァレリーはもはや遠い過去の詩人の一人に過ぎず、私たちは彼の作品を、学校で古典として読むほかはないのだろうか。――そうとばかりも言えないような気がするのは、彼が信じた「完璧な詩」の理念が、いまなお詩人たちの志向すべき目標として、効力を失っていないように見えるからだ。まさかそんな理念を四六時中見つめ続けるわけには行かないとしても、それのまったく存在しない場で呼吸していたのでは、詩人たちは自分の存在理由さえ見失うことになるだろうからだ。

（「現代詩手帖」二〇〇五年十月号）

パリの街角から

二十年ぶりにパリで暮らしてみてあらためて驚いたのは、この町では「まつり」と名のつく催しごとがやたらと多くなったことだ。恒例のパリ祭（革命記念日）は別としても、春から夏にかけてだけでもマレー地区フェスティヴァルやポン・ヌフまつり、パリ市まつりと、日程が目白押しである。そしていまは、例年にない猛暑の中を、パリ夏期フェスティヴァルが進行中だ。

もっともその形態は、定期市ふうのものや芸術祭ふうのものなどさまざまだが、これにカトリックの祭日を加え、商店の大半が休んでしまう夏のヴァカンスを加えると、字義どおりの「平日」などはほんのわずかになってしまう。

この中で日本語の「おまつり」の気分に一番近かったのは、六月十八日と十九日に催されたポン・ヌフまつりだったろうか。パリで最古の橋だというポン・ヌフを車両通行止めにして、吹き流しをあげ、露店を並べ、大道芸人を集め、むかしのフォワール（市）の気分を再現する。すぐ近くのドーフィーヌ広場では、マロニエの木立の下の仮設舞台で、パイヤール管弦楽団が演奏したり、ミュッセの芝居が上演されたりする。そしてようやく空が暗くなる午後十一時から、セーヌ川の上に花火があがる。

まさにこれは夏至のまつりにふさわしく、また、かつては交易や歓楽の場でもあった「橋」というものの役割を復元してみせてくれるので、私も懐中物に用心しながら人ごみを楽しみ、いくつかの思いがけない大道芸の実物を初めて見たり、綿菓子屋から高価な骨董屋まである露店をひやかしたりした。

だが、まつりが果ててふと考えてみると、この楽しみにはどうも何かが一つ欠けている。見る者と見せる者との垣根をとり払ってその場のすべてをまきこんでしまう必然性のようなものが。それは私の目からまだ観光客気分がぬけていなかったためだろうか。それともパリ市役所が企画し実行する「つくられたまつり」の雰囲気がどこかにつきまとっているためだろうか。

＊

二十年前には、パリの北のはずれに近いモンマルトルの丘の裏斜面に下宿して、一年あまり暮らした。今度来て、さっそく散策がてら立ち寄ってみたが、住む人こそ違っているようでも、建物はむかしのままだった。

実際この町の建物は、ごくありきたりの住宅ビルでも百年ぐらいたったものがいくらもある。今度の住まいは同じパリでも南のはずれに近い十五区で、十九世紀に新開地として造成されたという庶民的な住宅街だが、それでも建物は今世紀初頭のものが大半を占めている。私のアパートはかなり安普請のようだが、やはり一九一〇年代をそんなには下らないだろう。エレベーターはついていない。

こういう住宅ビルはだいたい七階建てぐらいで高さがそろい、ちょっと見ただけではどれもこれも同じような外観でまごつくのだが、少し見慣れてくるとその外観にも微妙な差があって、あの装飾は一九〇〇年前後だろうとか、外壁を煉瓦で化粧するのは第一次大戦ごろの好みだとか、散歩のたびにいろいろと楽しめる。建物によっては建築家が門口の上あたりに署名と年号を刻みつけているから、時代様式を見る手がかりになる。

つまり焼き物で言えば雑器にあたるこうした一般住宅や、それのつくり出す街並みにも、それなりの「様式」が成立しているらしいのだ。しかしこれが現代の高層集団住宅となると、規格化された外壁パネルが整然と並んでいても、そこから新時代の様式が生まれているかどうかは疑問になる。

私のアパートから遠くないグルネル河岸には、都市再開発事業による超高層ビルが林立して、対岸の十六区の、古い高級住宅群とはいい対照をなしているが、その中にこれは素敵だと見上げたくなるようなビルはほとんどない。ビルとビルをつなぐ歩行者デッキも、デザイン以前につくりが雑で、歩く楽しみが感じられない。建築家が建物に署名を入れる時代は去ったのだと言われるかも知れないが、無名の職人たちがつくった古代や中世の建物にも様式への志向は立派にあったのだから、これは言いわけに過ぎないだろう。

＊

私のアパートの前はあまり広くない並木道で、その下をメトロ（地下鉄）の八号線が走っている。この線は最新型の車両を使っているので、乗り心地は悪くないし、騒音も地下鉄としては静かな方だ。歩いて二分たらずのところに駅があるので、都心部へも十五分ぐらいで出られる。実に便利な場所に部屋を借りたものだと思って喜んでいた。

ところが、メトロの路線ぞいに住んでいると、電車の通るたびにその騒音が部屋に響いてくるということがあるのを知った。路上にいればば換気口のそばでしか聞こえない音なのだが、建物の場合、音は地中から基礎に伝わり、石の壁にそってはいのぼってくるらしい。このアパートは古いつくりで、今様の地下駐車場などはついていないが、その代わり地下にはそれぞれの部屋に付属するカーヴ（穴倉）が何層にもわたって設けられている。メトロの音は、たぶんこの穴倉で増幅されて上へあがって来るのだ。

むろん震動はともなわない。かすかな地鳴りのような、こもった低い音で、昼間は路上の自動車の音にかき消されてほとんど感じられないが、人の寝静まった夜ふけにははっきり聞こえるし、眠りの浅いときは明け方の枕にも伝わってくる。

最初のうちは何の音なのかわからなかった。どこかの部屋でボイラーでもつけたのかと思ったが、すぐ消えてはしばらくしてまた聞こえるその間隔と、何とはなしに通りすぎて行くような響き具合から、ははあメトロだな、と気がついた。

そして、一度判別ができると、どこで聞いてもこの響きを把握するようになった。あるときなど、パリ音楽堂（旧シャトレ劇場）でテレサ・ベルガンサの独唱会を聴いていたら、歌の合間にこの音が聞こえて来た。あの劇場も古い建物だし、メトロがすぐそばを走っているから、やはりそういうことがあるのだろう。

たしかに騒音には違いないが、慣れてしまえばそれほど気にさわる音でもない。夜ふかしをしていてこれが聞こえて来なくなると、おや、もう終電車もなくなった時間か、と思ったりする。

＊

パリの歩道は相変わらず犬の糞だらけで、そして相変わらずどこにでも鳩がいる。私の部屋は建物の三階で、ちょうど並木の茂みの高さだから、ふと目を上げると、窓のすぐ前の枝にのんびりと鳩がとまっていることがある。しかし雀の方は、公園などへでも行かない限り、街なかではそれほど多くは見かけなくなった。

家内と二人でバガテルの薔薇園を見に行って、庭園内の、野天の喫茶店で一休みしたら、ここにはたくさんの雀がいる。よく見ると羽根の文様や体の大きさのわずかな違いから、雀にもいくつかの種類があるらしいことがわかった。

パイを食べ終えた家内が、そのパイの屑をテーブルの上にまいて雀を誘おうとしたが、一向に寄って来ない。気がつくと、少し先のテーブルにいた二人の老婦人が、そのためにわざわざ持参したらしいパン屑をテーブルに山と積み上げて、大盤振る舞いをしているのだ。雀はみんなそちらに殺到している。パイの方がおいしいのに、と家内はがっかりしていたが、しばらくするうちに健啖な雀たちはパン屑の山を平らげ、こちらのテーブルにもやって来て、首をかしげながらパイ屑をさらって行った。

鳩は街路の敷石の上をところかまわず歩いていて、人をこわがらないのはいいが、自動車の往来の激しい車道にも平気で出て行き、車が来ても面倒くさそうにしかよけない。よくあれで轢かれないものだと感心していたら、暑さが頂点に達した七月の下旬ごろから、家のすぐ近所だけでも続けざまに三度か四度、車道で無残に轢きつぶされている鳩の死骸を目撃する羽目になった。あまりの暑さで鳩も勘がにぶったのだろうか。

パリにはもう一種類、みじめな鳩がいる。寺院の前や公園などで大道の物売りが観光客に売りつけようとしている、おもちゃの、ゼンマイ仕掛けの鳩がそれだ。売り手がデモンストレーションに一羽飛ばすと、ビニールの翼をばたつかせながら方向も定まらずに空を泳いで、向こうの芝生にばさりと落ちる。ほかの鳩が悠々と舞っている下を、物売りはいかにも気のなさそうな足どりで、それを拾いに近寄って行く。

（読売新聞夕刊、一九八三年八月二十三〜二十六日）

米食い虫

子供のころはひもじい思いばかりしていた。戦争のせいである。

もっとも戦争などがなくても、子供というものはいつもひもじがっているものだろう。実際に腹がすいているかどうかには関係のないことかも知れない。だが、あのころの私は本当に空腹だったし、たしかに栄養失調の状態だった。しかもあのころの精神教育とやらのおかげで、食べ物のことなどを口に出すのはおろか、心に思うだけでもいやしいことだと教えこまれていたから、私の食欲には欲求不満のほかにいつも自己嫌悪がつきまとった。

私の家は両親とも東京の出身で、いわゆる在所だのいなかの親戚だのがなかった。山の手とは言っても電車通り（こんな言葉がいまでも通用するだろうか？）の商店街のすぐ裏の町家である。勤め人だった父は勤めのために東京を離れることもできない。玄関先の路地にあわてて防空壕を掘ったりしていたが、結局私は小学校五年生の夏に、すぐ下の弟と一緒に学童疎開に出された。

私の小学校が疎開先に選んだのは、日光に近い山の中の、ある有名な温泉場だった（その地名をここに書きたくない）。谷あいにたくさんの大きな旅館が並び、私たち以外にもいくつもの小学校が疎開して来て、それぞれの旅館に入っていた。私たちの宿舎はかなり格式のある宿だったのだろう、床の間つきのみごとな便所があったのをいまでもおぼえている。ただし、そんな便所は、疎開学童たちには使わせてもらえなかった。谷川へ張り出すようにして白木造りの粗末な便所が急ごしらえで作られ、子供たちはそちらへ行けと言われて、吹きさらしの長い渡り廊下をおそるおそる渡って行った。

温泉場なら人あしらいもよかろうし、風呂もあるから少しは清潔だろうという、東京の親たちや先生たちの目算は甘すぎた。山間の、谷川ぞいの温泉はまったくの消費地で、まわりには田も畑もほとんどない。冬の間はほとんど湯治客も来ないので、地元の人々のわずかな食糧だけを運びこんでおけばよい。そういう場所だったところへいきなり何千人という子供たちが住みついたのだ。

やがて冬が来て雪が降り、谷ぞいの街道が交通途絶ということになると、その何千人の口に入るべきものがなくなった。白木の椀に醤油で味をつけた飯を一盛りして、支給品のバターの小さな一切れをのせ、それが飯のあたたかみで溶けたところを掻きまわす、というのが食事で、あとは何のおかずもなかった。

たしかに、食糧事情の悪さという点では、そのあと敗戦になり、東京へ戻ってからの方が、もっとひどかったかも知れない。しかしどんなに事情が悪くても、家族単位の生活ならそれなりにいたわり合いもあるし、責任感らしいものも湧く。父が勤めの合間に慣れないリュックサックを背負って、川越の方へ行けば芋でも手に入るかも知れないなどと言いながらあてのない買い出しに出かけるのを、私は感謝と期待をこめて見送ったものだ。その期待がはずれて父が手ぶらですごすごと帰って来ても、まだしも我慢しながら不運を歎くだけの力はあった。

ところがあの、子供たちだけの集団生活の中でのひもじさは、肉体的な飢えそのものよりももっと精神的な面で、おそろしいほど出口のないものだった。同じ学童疎開でも、たとえば農村へ分宿したような場合なら、まだしも何らかの人間的な交流が疎開学童と地元との間に成り立ったろう。ところが温泉場にとっては、青白い東京の子供たちはどこまでも客、それも質の悪い客でしかなかった――としか思えない。私たちは集団的な劣等感におちいり、その劣等感の中で互いにそねみ合い、足を引っ張り合った。

たまにどこからか届いた菓子などを同室の子供たちの間でわけるとき、班長だった私はそのわけ方で深刻に悩んだ。個数で数えられるものはまだいい。たとえばヨウカンのように切りわけなければならないものが大変だった。ぎこちないナイフさばきを、ぎらぎらするいくつもの目が、それこそいのちがけのすさまじさでじっと見つめている。のちに外国語を習い、個数で数えられない物質名詞という概念を教わったとき、私はとっさにあのときのヨウカンを思い出した。

そして、そういう中で子供たちの間の口癖となったのが、誰が教えたのか、米食い虫、つまり穀つぶしという意味の言葉――自分たちの生存そのものをうしろめたいものとする言葉だった。同級生の一人が不意に、僕みたいな米食い虫は死ぬんだと言い残して、泣きじゃくりながらよろよろと川原の方へ出て行くのを、私たちはぽかんと口をあけて見送った。むろん彼は、そのときは死なずに戻って来て、私たちは半分ほっとしながら、馬鹿だなあと彼をこきおろした。

だが、そんな批評自体がすでに型どおりのものでしかないことを私たちは感じていた。彼のいまいましい行動は、私たち自身も要するに米食い虫であって、それを自覚しないか、知っていても黙っているからこそ生きていられるのだ――というような感想へと、私たちを追いこんだのである。

（毎日新聞夕刊、一九八〇年九月五日）

防空頭巾

つい先日、離れて住んでいる上の息子がやってきて、こんな話をした。

息子夫婦は共稼ぎだから、日頃は孫娘を保育園に預けている。その保育園で防災訓練があって、夕方いつものように迎えに行くと、子供たちはみんな防災頭巾をかぶっていた、というのだ。万一に備えて子供たちは規定の頭巾を用意し、保育園に保管しておくことになっている。

――で、どうだった？　と私はたずねた。頭巾と聞いて心が動いたのだ。

――それが面白いんだよ、と息子は答えた。いつもなら、大勢の子供の中から、すぐにうちの子が見つかるんだけど、みんな頭巾をかぶってるだろ。どの子もおんなじに見えるんだ。頭巾ばかりが群がっている保育園なんて、ちょっと異様な光景だよ。で、大声で名前を呼んだら、その頭巾の一つがひょいとこっちを向いて、とことこことやってきたんだ。頭巾の下に目だけが光っててさ。

そうだろうな、と私は思った。面白いというよりも、たとえ防災訓練のためにせよ、孫娘を含めた子供たちが一斉にそんな姿をしていたというのが、何だかいたわしいような気分だった。みんなおんなじ形の頭巾の下で、目ばかり光らせていたのは、私自身の子供のころの姿にほかならなかったからである。

東京で戦時中に小学生時代を過ごした私にとっては、防空頭巾はおなじみの持ち物だった。あのころのそれは、誰の頭巾も母親の手づくりだったが、形は共通していた。たぶんどこかから作り方の指導があったのだろう。薄い綿入れの布を二枚縫い合わせた形で、下部にはやや広い肩被いがついている。それをすっぽりかぶって、首の前を紐で結んで留めると、頭部から肩のあたりまでが保護されるというわけだ。

後頭部はいくらか丸めてあったかとも思うが、それでもかぶると尖頭形に近くなる。童話の挿絵にある赤頭巾ちゃんと同じスタイルだ。左右を合わせて畳めば平らになる。たいていの家が適当に地味な余り切れを使ったから、色彩や柄はまちまちだったが、小学生たちが一斉にそれをかぶると、日頃見慣れた友達が、どれが誰やらすぐにはわからないほどに、似たような姿になってしまう。

大き目にできているので、冬ならともかく、夏などにかぶると暑苦しいし、視界はせばまるし、耳も聞こえにくくなって、私はあれが好きではなかった。かぶれば自然と伏し目がちになる。長く使っているうちには汗の匂いもしみこんだ。けれどもそれをかぶったときは、一種の非常事態に直面している緊張感もあった。本当は、あんなものをかぶったところで、焼夷弾の雨にでも逢えば助かるものではなかったろう。

誰もが同じ姿になるという意味で、あれは一種の制服だった。やがて学童疎開に行ったときにも、やはり頭巾は持たされた。疎開先にもいつ空襲が来るかも知れない。宿舎で眠るにも、めいめいが枕元に頭巾を用意し、夜中にはね起きたら直ちに服を着て頭巾をかぶるように訓練された。子供心に、親元を離れて生きて行くのだという意識が、防空頭巾と結びついた。群れをなしてさまよう、頼りない生きもののイメージがそれに重なる。

そういう思い出があるから、のちに広島の原爆記念館で、火の中を逃げまどう子供の姿が人形で再現されていたのを見たときは胸が痛んだ。子供の人形が、あどけない顔に防空頭巾をかぶって立っていたのだ。頭巾の中で業火におびえ、何がどうなっているのかわからないまま死んで行ったに違いない子供たち。それは、一つ間違えば私自身でもありえたろう。私にとっては、いまでも頭巾と言えば、宗匠頭巾でも御高祖頭巾でもない、あの赤頭巾型の、ただしもっとやりきれない、逃げ場のない気配のつきまとう防空頭巾である。息子はそんな頭巾を知らずに育った。

ごくありふれた、ちょっとした言葉が、執拗な固定観念になってしまうことは誰にでもあるだろう。私にとっての「頭巾」はその一つだ。そんな言葉を作品に使ったからと言って、それにまつわる固定観念までが読者に伝わる筈もない。だからなるべくなら使わない方がいいのだが、逆に、伝わろうと伝わるまいと、自分一個だけの思いをこめて、その言葉をそこにそっと置いてやりたい気のすることもある。そんな風にして、かつて私は「夜の音」という詩の末尾の一節を書いた。

ええ　思い出してくれなくてもいいけれど
頭巾のかげで声を立てない影たちを
あなたの窓の下にうずくまらせて下さい
誰の邪魔にもならないように
ここでそっと今夜の祝会をあげて
明日はまた明日の庭に群れるのですから

（「ラ・メール」三十五号、一九九二年一月）

作品論・詩人論

安藤元雄の全詩を読み返してのノート　飯島耕一

ざくろの花の咲く頃／ある美しい町をすぎる／うす暗い小さな店にアナトル・フランスの／やうな老人が古銭を売つてゐた／表に女神の首があり／裏に麦の穂にひばりのとまる／金貨はないかときいてみた／そんなものはありませんよ

——西脇順三郎『あむばるわりあ』所収「眼」より

安藤元雄の詩を読んで何か書いてみようと、しばらく前から思うようになっていた。わたしにとっても長年の詩友であり、安藤がずっと敬愛の念を抱いていた渋沢孝輔の思いがけぬ死のあと、わたしは、そうだ、今は安藤の詩をしかと読み直して論を書く時ではないか、と考えるに至った。

幸い、今年は時折閑暇に恵まれ、雨の日などに、ひとり安藤元雄の詩集を開いていると、彼の詩に心静かに相対する季節が、ようやく廻って来たのだという気がした。exhibitionnisme から、あたうる限り遠い、一種禁欲主義的な、としていいこの詩人の詩は、目立とうとするよりも、かくそう、かくれようとするところに立脚点を持っていて、容易には表現しがたい何ものかの兆《きざ》しを捉えようとするところに集中しており、慌しい多数者の眼に、忘れられがちだったことは確かである。

戦後に限ってみても思想と言えばマルクス主義思想のことと人は受け取りがちで、それ以外は立ち遅れた歴史的必然を知らぬ者と見做されるありさまで、ようやくそうした幻想の遠ざかった今、心静かにというのも近代の悲運の死者の山の山かげであることに変りはないけれども、ようやくこの詩人の詩が、何やら静かだが、なつかしい肉声で語りかけてくるようなのだ。

肉声と書いたが、この詩人の詩を朗読してもらうとして、誰の声がいいかなどと、あれこれ空想してもみた。いくらか不思議と思われるだろう、とっくに亡くなった俳優の名が浮かんできた。森雅之だ。森雅之の声を、滝沢修がゴッホを演じた『炎の人』の舞台からも聴いたし、まだうんと若かった高峰秀子と共演の『浮雲』などの上映される戦後の映画館の中でも聴いたが、それほどしばしばだったわけではない。少し疲れた、ニヒルな味の、しかし日本の俳優としては、有島武郎の遺児らしく、めずらしく知性もうちに湛えた声、ニヒルと言っても押しつけがましいものではない、端正さを失わない俳優の声。道化ることもできる声。何かを失ったとたえず思っている男の声。しかし失ったのは何なのかが、はっきりとは見えて来ないらしい男の声。あの少し濁った声がいいのではないだろうか。

バルザックの小説『ファチノ・カーネ』の主人公、あのヴェネツィアの男なら、失ったのは金《きん》であり、金のにおいに誘われてさまよう。しかし安藤元雄という詩人の、初めに（まるで原罪ででもあるかのように）失ったものは一体何なのか。

次に引くのは一九五七年の処女詩集『秋の鎮魂』の冒頭の詩、「物語」である。これを書いた時、彼はまだ二十代のいよいよ初めの年齢だった。

ひとつの墓地の傍《かたわら》で
昔の樫が路に倒れ
石畳の向うで
鶏どもが逃げまどうのだ
野と森との方へ道は走り
両腕を拡げ語り尽そうとする女たち
いきなりかげる
焦茶色の森
はもう見えない
鶏が叫ぶ　鶏が叫ぶ
皿を砕いて
車は家畜のように逃れて行く
薄闇の底へと傾く髪を垂れ
背後の軋みに追われて駆け下りて行く
そして小麦はことごとく失われたと

すでに安藤の詩の基調音はここに出来上がっている。言葉は明晰だが、内攻的で、決して明るい感触のそれではない。しかし完成度は高い。

処女詩集の第一行目から〈墓地〉という語が見られる。樫は〈昔〉の樫でなければならない。女が出て来るが、一体何を語ろうとしているのかはわからない。何もかもがいっせいに逃げ惑っていることだけはわかる。あったのは戦乱なのだろうか。災厄なのだろうか。異変であることはまちがいない。

最後の一行は忘れられない一行である。

そして小麦はことごとく失われたと

Komugi は Kotogotoku 失われた。k音とt音が響き合う。g音がそれに伴う。あまりに明晰な声よりも、少し低い、濁った（森雅之のそれのような）声で読まれるのを聴いてみたい。

処女詩集の最初の詩の最終行に、〈失われた〉という語がすでに姿を現わしている。この〈失われた〉という最初の声は、多分、安藤元雄のその後の多くの詩の中に反響することになるにちがいない。

次には〈小麦〉という語にわたしはひき寄せられる。小麦は紀元前八〇〇〇年のシリアのテル・ムライビト遺跡から出土しているという。また南西アジアの〈肥沃な三日月地帯〉では、前七〇〇〇年に小麦の栽培が始まったと推定されている。この南西アジアの小麦は、小アジア全体にひろがり、バルカン半島と地中海を経由、ヨーロッパに前四〇〇〇年、あるいは前五〇〇〇年に伝播し、中国には前二〇〇〇年頃に伝わっている。日本の小麦の歴史も古く、縄文時代晩期にさかのぼる。

人類を養って来た小麦、あるいは大麦の歴史は古く、日本でも稲が渡来するまでは麦が主食であった。〈陰《ホト》ニ麦及ビ大《マメ》小豆《アヅキ》生《ナ》レリ〉というこの国の神話は誰もが知っていよう。中国の周では、麦は神のもたらしたものとされ、ヨーロッパ古代にあっては地霊、地母神の恵みであった。やがてキリスト教の時代になって麦にはまた別の物語が宿ることになる。イエスは麦畑を歩いた。〈一粒の麦もし死なずば〉というヨハネ福音書の名高い譬えが思い出される。

小麦（すべてのよきもの）は〈失われた〉という意識は、近代人すべてのものであるが、この〈失われた〉という言葉から出発しなければならなかった安藤元雄は、とりわけ二十代、三十代に、多産な現代詩人の多くの中にあってめずらしいほど寡作だった。安藤が兄事して来た渋沢、入沢康夫の二人に較べても目立って寡作だし、次の年代の鈴木志郎康、吉増剛造らと並べるなら、いっそうその作品の数は少なかった。それというのも、この処女詩集『秋の鎮魂』の冒頭の作から、〈ことごとく失われた〉ところに出発点を置いていたことに理由は求められるかも知れない。

方向を失うことをフランス語で perdre le nord というが、それは〈途方に暮れる〉ことであり、喪失意識でもあり、わたしもまた最初の詩集の冒頭の詩に、〈途方に暮れる〉という言葉を書きつけた。それにわたしは、わたしよりもやや年少の安藤元雄とほとんど同時に、ごく若い頃、南米ウルグァイのモンテビデオ育ちのフランス詩人、ジュール・シュペルヴィエルの詩を読み、つよくひかれるものを覚えたが、これがフランスの現代詩人を知った最初のことであった。こんなわずかな言葉を使って、わずか五行とか十行で、こんなにも広大な空間を詩は捉え得るのかという快い驚きがあった。まずシュペルヴィエルを知って、その後、アポリネールやシュルレアリスム時代のエリュアールの存在を知ったのだった。

安藤元雄の人と作品を知ったのも、シュペルヴィエルがその機縁をつくってくれたのであり、わたしもまた〈失われた〉意識、〈途方に暮れる〉意識から出発したことにおいて、安藤の詩に親近感を抱く基盤をもともと持っていたと言えるだろう。

二番目の詩集『船と　その歌』は、『秋の鎮魂』から十五年目の一九七二年に刊行された。

第一詩集から第二詩集までの間隔がきわめて長いが、二つの詩集の間にはつよい連続性が感じられ、巻頭の、彼にしては長詩である「船と　その歌」にも、

帆柱を倒してへさきを葦の茂みにひそめ
あとは日没を待つだけだ
（第2のパート）

太陽の船　風は死に　祈りも死んだ
賑やかな旗はとうにおろした
（第3のパート）

目をふさぐ舌　指を縛る唾液
おれはいまおれの皮膚に何を塗ったらいい
（第6のパート）

といったぐあいに、〈倒す〉〈日没〉〈凪は死に〉〈祈りも死んだ〉〈旗はとうにおろした〉〈目をふさぐ舌〉と、何かが決定的に終った、つまり〈小麦はことごとく失われた〉あとの世界が指示される。ただ最後から二番目のパートに至って、〈ここはタールの匂いばかりで息がつまり／見たい／水が見たい／魚の背が内側から二つに分ける水の／おもてが見たい〉と、初めて、自らの閉ざされ失われた位置への反抗的な叫びが聞かれる。

最後のパートで、〈空がこうまで青かったか〉と青空の発見がなされ、そのあとでラストの四行がうたわれる。

そしておれの顔から天までの
ひろがりよ　空気の粒と光の粒の
まざり合う虚空よ　おれが死ぬのは　遂に
おまえを生き残らせるためだったのか！

谷川俊太郎の初期の一篇に、名高い「ビリイ・ザ・キッド」という散文詩（五五年刊の詩集『愛について』所収）があり、そこでも〈俺〉対〈青空〉の対比がなされているが、谷川の詩では次のようにうたわれる。〈俺の上にあの俺のただひとつの敵　乾いた青空がある　俺からすべてを奪ってゆくもの　俺が駆けても　撃っても　愛してさえ俺から奪いつづけたあの青空が最後にただ一度奪いそこなう時それが俺の死の時だ〉。安藤元雄のこの詩は、谷川の詩のようには、ヒロイックで、かつエクスタシー（恍惚感）さえ内包した調子ではあり得ず、『秋と鎮魂』の、時にはいたいたしいほどの口ごもった調子から見れば、口調は強くなり、断言的になっているものの、一種の不器用さに足を縛られてうたっているように見える。渋沢、入沢、谷川らより、安藤はわずか三年ないし四年下の年代でしかないのに、安藤は久しくずっと若い年代のように思われてきた。よかれあしかれ一九三〇年前後生まれの年代の詩人たちが、前世代の戦中派の「荒地」の詩人たちとは異質の詩を、ともかくも無邪気なほど自らの感性を信じてうたっていればよかった（これはわたし自身をも含めたことで、感受性の祝祭の世代と命名されたのもこうした性格から来ているだろう）のに反して、わずかに遅れてやって来た安藤は、多分、たいそううたいにくい場所、上甲板か、マストの中途か、船の中でも揺れのつよい位置に、ほとんど孤立して立っていたのだと今になって想像される。また安藤は彼よりも数年下の岡田隆彦や、吉増剛造や鈴木志郎康らが、一種アクロバティックな、破滅的な自己表現の詩で登場して来たのにも反して、言わば端正であろうとすることにおいて孤立していた。

孤立と言ってもまず初めに堀辰雄や、立原道造や、福永武彦（福永とは何度も会っているわけで、処女詩集の序文をもらっている）との文学的出会いがあっただろうこの詩人は、どうやらこの『船と　その歌』に至って、自らの独自の詩的文体を把握したようだ。

「からす」という作品の最後の三行などには、処女詩集にはめったに見出しようもなかったユーモアもあり、すでに彼らしいアグレッシヴな姿勢も滲み出て来ていて好もしい。

そうすれば夜が来るだろう　顔のない夜が
それまでは　いま暫く
どすぐろい羽根の軸でも嘴でこすってやるだけだ

三番目の詩集『水の中の歳月』は比較的早く世に現われた。と言っても『船と　その歌』から八年目の一九八〇年である。『船と　その歌』の出版は、三島由紀夫の事件から二年後のことであり、連合赤軍浅間山荘事件の年であり、他方『水の中の歳月』の刊行は、中国の四人組裁判の翌年で、フォークランド紛争の年に当る。若い頃、かなり長く通信社に勤め、外国勤務経験もあり、また市民運動にも参加して社会的現実に無関心ではない、いやむしろ現実生活では行動的で決断の早いこの詩人も、こと詩となると、ナマな事件や風景をそこに持ち込むことは決してないし、あいかわらず内省的で、口ごもってうたう姿勢は崩さない。

こうして上も下もない水の中で、辛うじて体の位置を保ちながら、私は待っている。水は私の鼻と口とを覆い、瞳孔に冷たく、そして私の耳は限りなく静かである。

第三詩集の名と同じ題名を持つ散文詩、「水の中の歳月」は右のように書き出される。この詩人はあいかわらず〈孤独の研究〉、別の言い方をすれば、〈石――確実な死〉の前でひとり〈待つこと〉の研究をしているかのようだ。「眼」というそれほど長くない作品の最終二行は、

――私は石
そして私は確実な死　と

となっているが、ここで連想するのは、〈生〉と〈死〉を、ひとつながりのものとして捉える、この四月に亡くなったばかりのメキシコの詩人オクタビオ・パスの場合である。とくに昔のメキシコ人にとっては、〈死〉は、確実な終りではなく、〈生〉の延長上にあるものと見做されていた。メキシコ人は「祭り《フィエスタ》と通夜の間」を揺れ動く。他方、ヨーロッパでは、キリスト教が四、五世紀頃に入って来たのちでさえ、ケルト人は〈死〉を確実なものとは見ず、〈死〉を魔術と生とひとつながりのものと感じ取っていた。

それにしても安藤が「白い風車」という詩の結末部で、

神様　神様　おぼえていてやって下さい
こんなちっぽけな記憶さえ
誰にも伝えることができないんだから
おれ一人で見守って行くほかはないんだから

としている、この「神様」はどういう神だろうか。この「神様」はシュペルヴィエルの「神様」にも通じる人間的な相貌をした「神様」なのだと思われるが、第一詩集にもすでにヨハネ黙示録からの引用があり、この第三詩集にも聖母とか、また他にも聖体行列という語も出て来ることでもあり、キリスト教の色合いがわずかに見えか

くれするのだが、シュペルヴィエルの場合の神がキリスト教に直結していないように、この神も明らかにキリスト教の神を指している、というのではなく、やはり人間的な神なのだろう。

この第三詩集を読み進んで「沈む町」などには、フランス西北端のブルターニュ（古名アルモリカ）半島の尖端近い海に沈んだとされる、イスの都を連想させられもした。ドビュッシーの「沈める寺」の海だ。〈海から来た女など、いるわけがないじゃないか〉に始まる散文詩、「海から来た女」にしても、ブルターニュの民話を連想させる。とすれば、安藤にとっての神は、確かにキリスト教の神に無縁ではないが、キリスト教以前のケルト的な要素もそこには混ざっていると言えるかも知れない。

ごく最近買い求めた本に『海』という一冊がある（九七年刊）。著者はミシェル・ヴェルジェ＝フランセスシで、この著者には海に関する本が多い。第一章が「神と人間の間にある海」で、エピグラフにヴァレリーの詩「海辺の墓地」の一行、《La mer, la mer, toujours recommencée.》が引用されている。

第二章が「神々と女神たちの領域」で、エピグラフにはサンチョ・パンサの言葉、〈もしもあなたが祈ることを学びたいなら海の上に出ることです〉が引かれている。あと二章あり、ところどころに挟まれたイラストが楽しい。インドの細密画《ミニアチュア》で、「受水盤上のほら貝」とか、十八世紀の版画で大蛸が帆船にからみついて海に沈めようとしているのや、ヨナが鯨に呑み込まれそうになって、恐怖の表情で合掌しているちょっとマンガ風の絵にまじって、北斎の大波の底に小さな富士のある版画なども載せられている。また他の二章のタイトルは「怪物と迷信の海」であり、「恐怖と冒険の海」である。

こうしてこの本のアウトラインを述べて来たのも、安藤元雄の詩には〈海〉という語が多く出て来て、この〈海〉を見ないですますわけにはいかないからである。

安藤の前期の作品の中で、もっともめざましいありようで〈海〉が出て来るのは、『船と　その歌』も終りに近い「帰郷」という詩においてである。その第1のパートの前三分の二は次のようになっている。

走れ
走りながら投げろ
投げ捨てろ
海を　君の背後へ
できるだけ遠くへ
それが　坂道の向うで
なるべくだだっぴろくひろがるように
――投げるのだ　思い浮かべられる限りの海を
君の中から一滴あまさずしぼり出して
泡だの
海藻だの　ひらひらする光だのと一緒に
――はばむために
君の背後から君の眼の方へと
追いすがって来る者たちをはばむために

この〈海〉は何か別のものを指示しているらしいが、それは何なのだろうか。それはひょっとして〈過去〉なのではあるまいか。〈できるだけ遠くへ〉〈――投げるのだ　思い浮かべられる限りの海を〉。その〈海〉はしかし、またしてもしつこく立ち戻ってくるではないか。この詩「帰郷」全体の終結の部分を見てみよう。

愛する者の細い首をしめるように優しく
おれはおれの退路を断った
そして　見るがいい
真っ白いあぶくの舌を軋らせながら
忘れてやった筈の海が　仔犬のように
おれの足もとへもう一度まつわって来る

前期の三冊の詩集に比して、一段とダイナミックな要素の加わった安藤後期の詩集、八六年に刊行された『この街のほろびるとき』にも、〈海〉はいくつも出て来るが、〈その中で眠るための／見えない箱を背に負って／私は海へと向かう……〉に始まる詩「音楽　あるいは踏絵」よりも、むしろ前出「帰郷」の〈海〉に対応するような作品、「海の顔」の、〈沖合から寄せて来る〉、それも〈とめどもなく寄せて来る顔〉をあげておくべきだろうか。

詩集『この街のほろびるとき』の諸篇とほぼ並行した時期の詩を集めた、縦長大阪の詩集『夜の音』（八八年）にも、恐ろしい童謡のような一篇「祈り」があって、そこにも〈海〉が出て来る。

――海に棄てた子らよ
大きくおなり

「帰郷」「海の顔」「祈り」の三つの〈海〉には連動するものがあるように思われる。八三年の作になる「祈り」を最後にして九八年の最新作に至るまで、この詩人の作品から目立った〈海〉は姿を消したようで、なおさら右に引用した「――海に棄てた子らよ／大きくおなり」という二行には魅力もあれば凄味もある。この二行は呪文のようにやって来て、離れようとしない。

　さて紙幅もそろそろ尽きかけてきたようだ。一つ言っておきたいのは『この街のほろびるとき』の一篇「にあらとじ」の次の二行、

Nearer to thee《にあらとじ》
Nearer to thee《にあらとじ》

もまた奇妙にこちらの耳にこびりついて離れないことだ。

　この稿を書くに際して久方ぶりにこの詩「にあらとじ」を読んで、Nearer to thee《にあらとじ》 がどういう意味を持っているかがわからず、作者自身に尋ねてみた。「にあらとじ」は〈煮阿羅辻《にあらつじ》〉とか、〈似阿羅刀自《にあらとじ》〉とでもいう漢字になって、このところ、東京の地下道をさまよって行くわたしに、物問いたげに襲いかかってくるのだ。〈汝により近く〉という英語だということはわかる。〈ささくれた数え唄が尽き果てる〉という一行が中ほどに出て来る。イギリスの数え唄の文句か何かなのだろうか。to thee の thee は〈汝〉といったほどの意味であり、辞書を引くと〈The Lord bless thee and keep thee（主は汝を祝福し、汝を守りたもう）といった例文が出て来る。そこまでわかっていながら、不信心なわたしは、詩人自身から、あれは讃美歌の『主よみもとに近づかん』（不

信心でもこの歌の存在ぐらいは知っている）の歌詞だと教えられるまで、讃美歌の引用だとは気づかなかった。

　その後、海外に出掛ける機会があり、その航空機の中で映画『タイタニック号』を見るともなく見ているうちに、ラスト近くで楽士たちが沈み行く甲板上で〈Nearer to thee〉の讃美歌を繰り返した。

　もっとも安藤が、ただただ敬虔な気持でこれを引用したのでないことは、作品「にあらとじ」を二度、三度読んでみれば誰しも納得するだろう。

〈にあらとじ〉〈にあらとじ〉とひらがなで呪文を唱えれば、滑稽な呪文であるとわかる。やれやれという人生行路者の嘆き節が聞こえてくる。

せめてものこと　刈り取られた麦のように
穂先を揃えて束ねられ
やがて逆吊りにされる人々を
祝福すべきではなかったろうか
束ねんとする者らにはわざわいあれ
あるいは　物静かな一日を暮れるにまかせ
旅人を待ち伏せる羽虫らにわざわいあれ
袋一つ
杖一本
サンダルはもう切れかかる
払うべき塵さえない身だからね

Nearer to thee《にあらとじ》
Nearer to thee《にあらとじ》

右に引用したのは第2のパートである。

第4のパート終り、「にあらとじ」全篇のラストの部分には、次のようにある。


そのときが来て、いやおうなしに立ち上がらなければならなくなれば、おれも糸を捨てて立つだろうが、いまのところはこの岸辺にこうしてうずくまっているほかはない。それが君に近づく役に立つとは信じられないが、うずくまることしかできないのだから仕方がない。

この〈君〉はあるいは女でさえあるかも知れない。近づきたいがなかなか近づけない女ということもあり得る。

　この詩の滑稽な調子がだんだん、やり切れない徒労感の吐息のようになり、いよいよラストのリフレイン、〈Nearer《にあら》 to《と》 thee《じ》／Nearer《にあら》 to《と》 thee《じ》〉は泣きたいような響きを発する。

　予定よりもこのエッセイは長くなって、もはや九二年刊の詩集『カドミウム・グリーン』についても、九七、八年の最新作についても論じる余裕がなくなった。またの機会ということにしたいが、それにしても、彼より上の年代も、彼より数年下の年代も、ほぼその仕事を終えて、マストからそろそろ帆を下ろそうとしているかのように見えなくもないのにひきかえ、この詩人にはまだ海に、やり残した仕事があるように思われてならない。いずれにしてもわれわれは生涯、一漁師として、詩の海に釣糸を垂れる者であり続けるほかはないのだ。安藤元雄の神には、いくらかキリスト教の神に近いところもあるようだが（わたし自身はキリスト教については愛憎複雑な対し方を自分のうちにつねに感じており、この五月に訪れたブルターニュ地方のオーレイで黒マリアを見た時にもつよくそれを感じないではいられなかった）、われわれは決して牧師でも説教師でもあり得ず、いつ釣れるかわからぬ海に釣糸を垂れる一人の漁師にすぎないだろう。昔、西脇順三郎は、酔後、〈説教師の　牧人の　果てしない飯しま〉と洒脱な墨の文字で書いて、わたしに示されたけれど、その色紙を時折取り出して、説教師でなく、牧人でありたいと思ったことも何度かあった。西脇はわたしの批評文を読んで説教師と、少しばかり揶揄したのかも知れなかった。わたしの内にはまだ詩の虫が死なずにいたらしい。漁師ではなく牧人でもいい、このエッセイを書いているうちに、ともかくわたしももう一度詩を書いてみようと、少しずつ思い始めたのはわれながら思いがけないことだった。しかしそれにしてもどんな魚が釣れることか。そのうちにこの詩人に釣り上げた小魚を進呈することにする、と蛇足をつけて久々の詩人論を差し出すことにしよう。


（「るしおる」三十五号、一九九八年十一月）

見ることの深さ

新井豊美

詩集『わがノルマンディー』に収められた「夏の想い」の印象的な数行、「形のない風が　かすかに／かたわらを吹いて過ぎる／気づいたときは　すでに／去って行く一つの気配ばかりだ／記憶とはたったこれだけのものか」を引用して、私はこう書いたことがある。

「風がかたわらを吹き過ぎてゆくとき人はその姿を見ることはない。それは去って行く気配として一瞬感じとられるだけだ。だが「記憶とはたったこれだけのものか」と続けられるときの詩人の眼は、すでに現実を超えるもうひとつの眼を持つことになる。「詩は世界の内側に咲く花というよりも世界を外側から覗き込む眼として、世界と向き合い、世界と拮抗するものであってほしい」と詩集の「あとがき」で詩人が述べているのはそのことだ。世界を「外側」から覗き込むことによって世界に向き合い、拮抗することができるような眼、安藤氏が示すこの「眼」の持ち主は死者たちであるようにわたしには思える」と。この「死者の眼」とは認識者としての詩人の眼、現実に覆い隠されたものの本質を見抜く「見者」の眼であることは言うまでもないだろう。今回の文庫に収められた四冊の詩集の全詩篇を再読して、私はこの「世界を外側から覗き込む眼」が、時代の数々の悲惨と向き合うことによってさらなる深さとひろがりを得たことを感じさせられずにはいない。

ここに一刷毛の緑を置く　カドミウム・グリーン
ありふれた草むらの色であってはならぬ
ホザンナ
ホザンナ
と　わめきながら行進する仮面たちの奔流をよけて
おれがあやうく身をひそめる衝立だ
さもなければ
木っ葉のようにそこに打ち上げられるためのプラット
　フォームだ
いや　彼らの中に立ちまじる骸骨の　かぶる帽子のり

ボンの色か
ともかくもここに緑を置く　カドミウム・グリーン
これでいい　これでこの絵も救われる
おれもようやく仮面をかぶることができる
白く塗りたくった壁に
真赤な裂け目をあけて笑うこともできる

（「カドミウム・グリーン」部分）

作品「カドミウム・グリーン」を読んで、私たちはまず語り出されてゆく世界に氾濫する色彩と祝祭に沸き立つ人々の生の姿と、そして仮面の下に隠された「死」の貌を眼前の一枚の絵のように思い描くことになる。ジャーナリストとして活躍した若き日に、詩人は異国の街頭でこうしたパレードに出会ったことがあったのかもしれない。あるいは仮面の画家アンソールの絵をヒントに書かれたのかもしれない。いずれにせよ仮面をつけた人間たちの姿とそこに沸き立つ「生」の奔流をカドミウム・グリーンとしてとらえる詩人の眼は、ひたすら「外側の眼」であろうとする。そのとき「おれがあやうく身をひそめる衝立」も、「木っ葉のようにそこに打ち上げられるためのプラットフォーム」も、「彼らの中に立ちまじる骸骨の　かぶる帽子のリボンの色」もすべてカドミウム・グリーン一色に塗りつぶされているのだ。

広場の先はつめくさのともるバリケードだった
仮面をつけていなければ入れてもらえなかった
その中で　おれたちはみなごろしになるのをじっと待っていたが
装甲車は街角からひょいと顔を覗かせ
暫く睨んでから黙って引き返して行った
あの装甲車も緑色だったな
カドミウム・グリーンではなかった筈だが
おれの記憶の中ではやっぱりあいつもカドミウム・グリーンだ

（同前）

その眼は緑のなかの純粋な緑としてのカドミウム・グリーンに沸騰する生の色を見、「みなごろし」としての戦争を沸騰する生の欲望の先に現れるものと見る。そこで生と死は相反するものではなく、死は生がその本質として内部から欲望するものなのである。ドゥルーズがそのニーチェ論で「〈力〉への意志というときの〈力〉とは、意志が欲するものではなくて、意志のうちで欲しているもの（ディオニュソスその人）なのである」と述べているように。ニーチェはそこで内なる欲望に支配される人間と、それが人間を支配するときに「〈力〉への意志」となって現れる必然を語っていた。

カドミウム・グリーン　死と復活の色
舗道にぼんやり突っ立っているおれの前へ
戸口から若い女が一人　ひょいと出て来る
若い　いや幼いと言うべきか　乾いた素早いまなざしで
ちらりとおれを見やってから
右の方へ　もうとっくに心を決めてしまった足を向けて
一ブロック先にきらめいているデパートの方へとそれて行く
だがあのデパートのうしろは煤ぼけた運河で
岸辺には赤煉瓦の泌尿器科の病院がある
夏にはその塀ごしにひまわりが咲き
その先には何もない石畳がある
彼女のコートもカドミウム・グリーンだ
運河の黒い水にはよく似合うだろう

（同前）

若い女が戸口から出てくる。行く先は「一ブロック先にきらめいているデパート」であり、そこは彼女の小さな欲望を満たしてくれる場所だ。詩人の眼は彼女をとらえる、と同時に彼女の欲望の「うしろ」を流れる「煤ぼけた運河」と「赤煉瓦の泌尿器科の病院」をとらえ、塀越しに咲くひまわりの重たく首を垂れた黄色をとらえ、運河の黒い水に映える彼女のコートの色をとらえる。細部にわたる眼の絵画的な描写、黒い水に映るカドミウム・グリーンのコート、女の未来を暗示するこの鮮やかな色感は私を魅了してやまない。

ホザンナ

ホザンナ
火の粉が舞う
誰がこの街へ死にに来るのか
道に敷くべき木の枝もなし
シルクハットの男たちを掻きわけるすべもない
実はね　この山車だってみんな装甲車さ
おれの絵は　いつになったら仕上がることやら

（同前）

カドミウム・グリーンに「死と復活の色」を見る詩人にとって、祝祭に賑わう街とは死の沸騰する街でもある。そこでは祭りの「山車」は「装甲車」に姿を変え、仮面の下に隠されたひとびとの顔はたちどころに髑髏となる。人の生を生と死、死と復活の循環「大きなめぐりの輪」としてとらえるとき、画家の絵はいつになっても「仕上がる」ときは来ないだろう。人間の歴史とは常にその繰り返しであるのだから。

こうした「めぐり」の考え方は、「千年紀」あるいは「至福千年説」などという千年を単位として歴史を見る方法を想起させる。神によって悪魔が捕らえられている千年間は人間にとって至福の時が続くが、その終わりに最後の審判のときが来るという終末論的世界観を。戦いの跡の廃墟に立つ詩人は、破壊され尽くし荒野と化した風景を繰り返しうたい、殺される人々の悲鳴と母たちの嘆きの声の残響をそこに聞く。

『めぐりの歌』に収められた「千年の帳尻」は、こうした思いを二十世紀末というひとつの時代の終わりに重ねた渾身の弔歌だ。

大きなひとつのめぐりの輪が　あと僅かで閉じようと
　するときに
（どこの暦の年だったか
それとも千年の収支の帳尻だったか）
ひとり　またひとりと　立ち戻ってくる人々がいて
血まみれの畑の畝《うね》から湧いて出る
どれも見知らぬ顔　海藻のような衣服を手足に垂らし
それぞれによろめきよろめき歩いてくるが
声には遠い聴き憶えがなつかしい

ああ　なつかしい
君　まだこんなところにいたのか　もうすぐに日が暮
　れるぞ
冷えてこないうちに帰りたまえ　その方がいい
帰れといって　どこへ　何をしに
本はみな読みもしないうちに燃してしまった

この千年　おまえは何をしてきたか
どこの村はずれをうろうろとめぐっていたか
吹いてくる風は何も言わないし
いまさら悔いようもないのだが
おれより先に消えた何万という人々の
死にざまはいくらかずつおれにも責任がある　逃げら
　れない
これが人のいう至福の期間だったのか
それとも千年続いてなお終りそうもない審判だったか
（「千年の帳尻」部分）

「世界を外側から覗き込む眼」に映る世界、その眼がとらえた人間世界は血塗られ悲劇の色に彩られている。この大きな眼は人間たちに問うだろう、「この千年　おまえは何をしてきたか」と。私たちはそのとき、コソヴォやパレスチナの苛烈な民族紛争や、九・一一以後のアフガニスタンやイラクでの破壊と惨劇を思わずにはいられないだろう。同時にすべてを見る詩人の眼は微少なもの、弱い者の姿をとらえずにはいない。

「野鼠」（『カドミウム・グリーン』）ではかつて詩人が草むらをへだててひとしきり目を合わせて互いに立ちすくんだ一匹の野鼠がうたわれ、「飛ばない凧」（『めぐりの歌』）では、三十年あまりも前に一度だけ出遭ったちいさな女の子の記憶が呼び起こされる。揚がらない凧を直してほしいと知恵遅れらしい見知らぬ少女にせがまれて、詩人はその凧を直そうとするのだが、少女にとってそれはどうでもよいことなのだ。

誰かが自分にひとしきり力を貸してくれる
それだけで十分に嬉しかったのだろう
私が彼女の糸目に取り組んでいるうちに

不意に体をすりつけて来て　思いもかけない言葉を口
　走った
おじちゃん　好き　と

その言葉は　彼女が日頃どれほど見捨てられ　自分で
　もそのことを知っているかを告げていて
私はほとんどうろたえた

少女があまりにも弱く小さな存在であるゆえに、彼女から発せられた言葉は異様な重さとなって人の心をはげしくゆさぶらずにはいない。弱者の持つ強さとはこういうことだと詩人は言うかのようだ。
　ところでこうして安藤氏の作品を読みつつ私たちは眼によって語られてゆく世界をあざやかに、きわめて具体的に思い描くことの喜びを与えられるが、それは詩人にとっての喜びでもあるように思える。たとえば『カドミウム・グリーン』のII部としてまとめられた「Ut pictura poesis」の六篇の小品は言葉によって描かれてゆく絵画とも言えるような魅力的な小品であり、私たちはそれを読みながら、イメージと色彩の世界に遊ぶことができるだろう。

大きな河のほとりに生まれた三人の天使
軽やかにさえずりながら
空を飛ぶ

空はいちめんの金泥　雲ひとつなく
あどけない　お揃いの緑の服が浮き上がる

そう　ふり返り
誘い合い
呼びかわし合い
ほんの小さな額縁の中の
無限の空を転げてゆく

もしかして　どこかの祭壇の
暗い片隅のいろどりだったか
それとも遠い河下の町で　ずっとむかし

むごたらしく殺されたという少女たちが
いまわに夢みたまぼろしだったか

（「三人天使」部分）

小鳥のようなこの三人の天使はどこかの街の古い祭壇画の片隅に描かれていたものかもしれないし、ずっと昔に殺された少女が「いまわに夢みたまぼろし」なのかもしれないと詩人はうたう。が、いずれにせよそれはすべて創られたイメージの世界の出来事なのである。その詩の数々を読みおえて、この世の美しさ優雅さ残酷さを語りつづける詩人の眼の豊かさ、見ることの深さに私はうたれずにはいられない。

（2007.12.28）

風と野のかすかな調べの方へ、吹かれ吹かれ

和合亮一

安藤さんの詩を読むと、物静かでそれでいて少年のように情熱的で、柔らかな若々しいその表情が過ぎる。近くにいながら遙かな深遠を駆けるかのようにして、詩を捕まえようとしている眼の輝きを思い出す。何度かお会いした事しかないが、こうして作品と向かい合ううちに浮かび上がってくるその容貌に、終わらない旅への意志と覚悟と憧れとを見た。

「こわい夢を見た」の一行から始まっている、本書の冒頭の詩集『この街のほろびるとき』に惹かれた。計り知れない底の深さと、現実ではない不確かさ。そもそも夢の素材を書くことは、その自在さにおいてたやすい。しかし例えば詩で伝えることにおいて、それを現実あるいはそれ以上の光景として、鮮やかに浮きあがらせるのは簡単なことではない。「夢物語」の一篇を読んで私は、いやそれここに書かれた妻と私が感じる空恐ろしさを、

以上のものを受け取った。

これはひとえに「それからどうした」と訊ねることが出来ず、底知れぬ恐怖に襲われて目を醒ましている私の感情に依っている。ここに語られている夢に棲む母と、子どもである妻が素早く魔物へと、言わば劇的なる恐ろしい他者へとすり代わってしまう瞬間がある。あたかもその時に同時に、妻のみならずその語りを聴かされている己の存在までをも〈魔〉へと染めてしまおうとする〈他〉のおぞましさが、その身に襲いかかってくるようで私も恐かった。

夢。柔らかな平明な筆遣いながら、ここで私たちが受け止めるのは日常空間に広がる非日常性である。もしくは非日常の中の日常なのかもしれない。あたかも夢と今という二つの舞台で、想像の図と地の反転劇が様々に起こってゆく。これらの手管はつまりは現在へと強烈にイメージを喚起させる仕組みを巧みにもたらしながら、あたかも半睡から覚醒した直後のごとく、現在というものの感触を読み手へと返還する。この時に私たちはより生々しい、いま・ここへと対峙させられてゆく。


例えば同詩集の作品「枯野行」。冬枯れた霜の原の静かな時に、遠くの地に立ちのぼる一筋の白煙を目撃し、身に迫る「不和」と「不幸」の意味を無意識に受ける詩人の姿がある。「この先まだどれほどの／不和と不幸に耐えることか」。遠くにある現在と近くにある過去と未来。この詩行に、遠近法の交錯を感じて眩暈を感じつつも、〈反転〉し〈交錯〉する現実の何かを、「白煙」に映じようとしている自分に気づく。それぞれ書き手の眼を超えて、私だけの「枯野」＝原風景と対決させられる。荒涼とした冬の野の映像は、言い様のない緊張に漲っている。

詩の行方には、旅が待っている。もしも「言葉の宇宙」という比喩が、例えば「混沌」や「生成」を意味するのであるならば、生身の身体の時間に根ざした意味の銀河におけるそれらを、あるいは安藤は移ろい続けているのかもしれない。書き手と読み手の〈いま・ここ〉が、旅の空に在ること＝生きてここに在ることを示そうとして溶け合う時に、安藤の詩はやって来る。「ひどく長い旅をした一日だった／日が暮れて雨もあがり／木立の下の木戸をあけて二人は辞した／「水溜りをよけることは死をよけることだ」／という一行が浮かんだが／捨てた」（「死者の笑い」）。潔く何かを捨て去るかのような道行きに、一行は刻まれているのかもしれない。

先ほどの〈夢〉、そして意識の大きなテーマとしての〈旅〉。安藤が照射しようとするものとは何か。言葉の足運びはいつも不思議な行く先の兆しを孕む。詩で何を書こうとするかではなく、何を書こうとしないかであるかのようだ。書かれてあるものと〈反転・交錯〉して浮かび上がる、本当にとらえたい詩の果実の味を私たちの舌にもたらせたいのではあるまいか。

だから作品「見えない街への手紙」で察せられるように、不可視の街へ手紙を書くなどという、相手のないどこか酔狂めいた行為に情熱を注いでいる。「そういったむなしいあれこれの情報の向うに浮き上る、見えそうでいて見えない一つの街、この地上に存在する無数の街のどれでもない」「その街を、遠くから吹く風のように押し流しているであろう見えない時間」。どこにあるとも知れない街を、唯一の特別の「君」と詩の中で何度も呼称している。この姿にこそ、ある茫漠さから確固たる何かを、無数・虚数からたった一つの真理を求めようとする感性がうかがえる。この視点は詩に壮大なビジョンをもたらす。次の作品からも様々に感じられた。

「ずっと向う／その人の遙か前方に／何やら煙のようなものが流れて／薄い匂いが伝わって来るが／それはただそれだけのこと／／その人は坐っていて／私はその人のうしろに坐っている／＊／地球よ坐れ／私は眠る」（「坐る」）。「地球」に鮮やかな人間の存在感を与えていて驚きを感じた。大きくて自在な世界を構成し、そこを紀行し続ける詩人の魔術が見えた。

末尾にある詩集『わがノルマンディー』での旅の足取りはどうか。例えば「おれたちはただの過ぎ行く者／ほんのいっとき足をとめたにすぎない者」（「墓標」）や「さすらいと言えば聞こえはいいが　つまりは無用」（「つぶて」）。ここに来ると、いささか詩人の私に悲観的だ。終わらざる意味無き彷徨を、生の道へと置き換えて眼差している印象がある。ここで自らに投げつけられる

「つぶて」がもたらす意味を「渡り鳥」のイメージへとつなげている。

飛来し、また去っていく者たちに、誘われてまた追い立てられて「われら」もまた今というものを過ぎ去るしかないと覚悟している。「われら」とは、例えば詩を書く者を総じているとするならば、なんとも悲壮な光景と見るしかない。しかし鳥という礫に永遠に追いかけられ、逃れの空に飛び立つしかないものであるなら、遅れをとらずここから発たなくてはいけないという焦燥心の一端も同じ様に感じられる。

恐らくはフランス北西部、イギリス海峡に臨むこのノルマンディーに聳える大聖堂を描いたのだろう、同詩集の作品「大聖堂へ」。「あいつのために蠟燭をほんの一本／それも　思ってみるだけでいいではないか／失われた日々よ　もうおやすみ／それほどにこの坂道は／むかしの石畳とそっくり同じだ」。ここでの「あいつ」とは幼なじみであり、天使とも呼んでいる幼少の頃の仲良しの存在。坂道で「むかしの石畳」に再び出会い、そこにほんのわずかな時間でも心を宿らせる。ほっと微笑ましくなる佳品である。この詩には向けどころのない私の悲しみではなく、記憶と〈夢〉の狭間に立ち止まっている安らぎばかりが感じられる。

流離う、留まる。旅空の詩人の足の裏は果てのない浮遊点であり定点である。私たちの平生とは、つまりは〈反転・交錯〉した旅先の連続だと語る安藤と、私たちは言葉の異国へとさらに連れ立つ。ここまで読み通してきて目を閉じると、詩集『カドミウム・グリーン』の中の「アンモナイト」という作品に登場してきた、積み上げられてゆく石の存在が残像になって脳裏に映っていることに気づいた。にぎやかな古い街路の先にある、かつては激しい戦場だったのだろう、荒れ果てた野に残された土塁。その周りに今もなお積まれていくもの。吹き晒された時間や記憶の形象を見つけたかのように注がれる安藤の視線の強さ。「土塁のかげに　石を積みながら／その石が自分のあとに残ることを夢みたのだ／まつろわぬ者どもは踏みにじればいい／彼らの血は雨に洗われればいい」。

他にも古めかしい家並みや墓標、昔の砦の跡地や、はたまたふと投げ捨てられてある吸い殻など様々な〈形象〉が登場する。それらは大なり小なり、時や史実の海の在処を伝えようとする鋲のようなものと受け止めることができる。『めぐりの歌』という、やはり印象的な詩集の題名からも察せられるように、これらと出会うことは一つの私たちの生の道すがらの〈めぐり〉であり、生者としての感受性の真理の泉に触れることになる。そんなふうに想っていると、次のフレーズが浮かんできた。「大きなひとつのめぐりの輪が　あと僅かで閉じようとするときに／(どこの暦の年だったか／それとも百年の収支の帳尻だったか)／ひとり　またひとりと　立ち去って行く人々がいる」(「百年の帳尻」)。旅の道の終わりに〈めぐり〉の意味が閉じられてゆく。その時に私たちはこのように生の道を立ち去るしかない。差し出された死の概念に、一抹の寂しさは覚えるがしかし、絶望は感じない。生者よ、だからこそなお〈めぐり〉を求め野に出でよ、さらば与えられん、という安藤のあの穏やかな顔が浮かぶ。

立原道造が自らの詩集について述べたある一節を、安藤が編んだあるアンソロジーの末尾に引用として添えられていたことを思い起こした。「僕はこの詩集がそれを読んだ人たちに忘れられたころ、不意に何ものともわからない調べとなつて、たしかめられず心の底でかすかにうたふ奇跡をねがふ」。

これらの〈かすかな調べ〉こそが安藤を漂泊へと詩へと駆り立てる心への笛の音のようなものであるとするならば、甘美で、憂鬱で浪漫的な旅を夢見ながら、風と野を行く少年の息づかいをずっと聴いていたのかもしれない。

(2008.2.8)

現代詩文庫　188　続・安藤元雄

発行・二〇〇八年九月二十五日　初版第一刷

著者・安藤元雄

発行者・小田啓之

発行所・株式会社思潮社

〒162-0842　東京都新宿区市谷砂土原町三―十五

電話〇三（三二六七）八一五三（営業）八一四一（編集）八一四二（ＦＡＸ）

印刷・三報社印刷株式会社

製本・株式会社川島製本所

ISBN978-4-7837-0965-7 C0392

現代詩文庫

第Ⅰ期

⑯⑥ 倉橋健一 坪内稔典／松原新一他
⑯⑦ 高貝弘也 吉岡実／新井豊美他
⑯⑧ 御庄博実 長谷川龍生／北川透他
⑯⑨ 続吉原幸子 大岡信／多田智満子
⑰⓪ 井川博年 川本三郎／八木幹夫他
⑰① 加島祥造 原満三寿／池崇一他
⑰② 続続吉原幸子 谷川俊太郎／新川和江他
⑰③ 続粕谷栄市 横木徳久／野村喜和夫他
⑰④ 小池昌代 飯島耕一／井坂洋子他
⑰⑤ 征矢泰子 新川和江／新井豊美他
⑰⑥ 八木幹夫 小沢信男／新倉俊一他
⑰⑦ 続入沢康夫 野村喜和夫／田野倉康一他
⑰⑧ 岩佐なを 城戸朱理／矢川澄子他
⑰⑨ 四元康祐 栩木伸明／谷川俊太郎他
⑱⓪ 山本哲也 吉野弘／北川透他
⑱① 続続辻征夫 清岡卓行／高橋源一郎他
⑱② 友部正人 谷川俊太郎／宮沢章夫他
⑱③ 河津聖恵 新井豊美／瀬尾育生他
⑱④ 星野徹 笠井嗣夫／武子和幸他
⑱⑤ 山崎るり子 三浦雅士／井坂洋子他
⑱⑥ 続渡辺武信 松本隆／荒井晴彦
⑱⑦ 最匠展子 金子光晴／長谷川龍生他
⑱⑧ 続安藤元雄 飯島耕一／新井豊美他
⑱⑨ 続井坂洋子 室井光広／蜂飼耳他
⑲⓪ 高岡修 富岡幸一郎／北川透他

＊人名（明朝）は作品論／詩人論の筆者

① 田村隆一
② 谷川雁
③ 岩田宏
④ 山本太郎
⑤ 清岡卓行
⑥ 黒田三郎
⑦ 黒田喜夫
⑧ 吉本隆明
⑨ 鮎川信夫
⑩ 飯島耕一
⑪ 天沢退二郎
⑫ 吉野弘
⑬ 長田弘
⑭ 吉岡実
⑮ 富岡多恵子
⑯ 那珂太郎
⑰ 安西均
⑱ 長谷川龍生
⑲ 高橋睦郎
⑳ 茨木のり子
㉑ 安水稔和
㉒ 鈴木志郎康
㉓ 生野幸吉
㉔ 大岡信
㉕ 関根弘
㉖ 石原吉郎
㉗ 谷川俊太郎
㉘ 白石かずこ
㉙ 堀川正美
㉚ 岡田隆彦
㉛ 入沢康夫
㉜ 片桐ユズル
㉝ 川崎洋
㉞ 金井直
㉟ 渡辺武信
㊱ 安東次男
㊲ 三好豊一郎
㊳ 中桐雅夫
㊴ 中江俊夫
㊵ 高野喜久雄
㊶ 吉増剛造
㊷ 渋沢孝輔
㊸ 高良留美子
㊹ 三木卓
㊺ 加藤郁乎
㊻ 石垣りん
㊼ 木原孝一
㊽ 北川透
㊾ 菅原克己
㊿ 多田智満子
51 鷲巣繁男
52 寺山修司
53 木島始
54 清水昶
55 金井美恵子
56 吉原幸子
57 藤富保男
58 岩成達也
59 井上光晴
60 会田綱雄
61 北村太郎
62 窪田般彌
63 辻井喬
64 新川和江
65 吉行理恵
66 中井英夫
67 粕谷栄市
68 清水哲男
69 山本道子
70 宗左近
71 中村稔
72 粒来哲蔵
73 諏訪優
74 続飯島耕一
75 荒川洋治
76 佐々木幹郎
77 正津勉
78 辻征夫
79 安藤元雄
80 藤井貞和
81 大野新
82 犬塚堯
83 小長谷清実
84 江森國友
85 天野忠
86 嶋岡晨
87 阿部岩夫
88 関口篤
89 衣更着信
90 ねじめ正一
91 菅谷規矩雄
92 井坂洋子
93 片岡文雄
94 伊藤比呂美
95 新藤涼子
96 青木はるみ
97 中村真一郎
98 嵯峨信之
99 稲川方人
100 平出隆
101 松浦寿輝
102 朝吹亮二
103 続荒川洋治
104 続藤井貞和
105 続寺山修司
106 吉田文憲
107 瀬尾育生
108 続谷川俊太郎
109 続続谷川俊太郎
110 続田村隆一
111 続続田村隆一
112 続天沢退二郎
113 続続天沢退二郎
114 新井豊美
115 続吉増剛造
116 続続吉増剛造
117 続鮎川信夫
118 続北村太郎
119 続吉野弘
120 続石原吉郎
121 続鈴木志郎康
122 川田絢音
123 続続吉野弘
124 続北川透
125 続白石かずこ
126 続清岡卓行
127 続宗左近
128 牟礼慶子
129 続吉岡実
130 続辻井喬
131 続大岡信
132 続新川和江
133 続川崎洋
134 続清水昶
135 続高橋睦郎
136 続長谷川龍生
137 続中村稔
138 八木忠栄
139 続佐々木幹郎
140 城戸朱理
141 野村喜和夫
142 平林敏彦
143 続渋沢孝輔
144 続那珂太郎
145 財部鳥子
146 続長田弘
147 吉田加南子
148 続清水哲男
149 辻仁成
150 木坂涼
151 田中清光
152 阿部弘一
153 続続大岡信
154 続続鮎川信夫
155 続辻征夫
156 福間健二
157 守中高明
158 平田俊子
159 村上昭夫
160 広部英一
161 白石公子
162 鈴木漠
163 高橋順子
164 池井昌樹
165 続続清岡卓行